遠藤周作初期短篇集

砂の上の太陽

遠藤周作

河出書房新社

砂の上の太陽　遠藤周作初期短篇集　†　目次

資料協力＝長崎市遠藤周作文学館
町田市民文学館ことばらんど

砂の上の太陽

遠藤周作初期短篇集

ぼくたちの洋行

昭和二十五年の六月といえば、東京には焼け野原が点々と残り、東京から横浜にむかう電車からはバラック建の家や錆びたトタンを集めてつくった小屋を見ることができた。戦争の傷はまだすっかり回復はしていなかった。

その日は霧雨が降っていた。そして私は父と二人で国電で横浜にむかっていた。あと二時間もすれば私は横浜からマルセイエーズ号という船に乗ってヨーロッパに留学することになっていたからである。

二十年たった今日とちがって、それはまだ誰も自由にヨーロッパに行ける時代ではなかった。日本は平和条約をどの国とも回復していない戦争犯罪国であり、戦敗国でもあったし、日本の大使館も領事館もどの国にもおかれてはいなかった。

そんな悪条件のなかで他の三人の日本人青年と私とがとも角も留学することが許されたのは仏蘭西《フランス》にいるNという富裕な篤志家のおかげであり、このN氏の意志をうけて日本にきたU神父の努力によるものだった。

だがそういう事情にもかかわらず私たちが仏蘭西のヴィザを受けるまでには一年も待たねばならなかった。やっと手に入れたパスポートが日本政府の判のほかに進駐軍司令部のサインを必要とした。今から思えば夢のような話である。

留学するときまると、三田の先輩たちは悦んでくれた。三田を出て一年しかたっていない私だったが、当時、神田の能楽書林にあった三田文学編集室に出入りを許されていたから、丸岡明氏や原民喜氏や柴田錬三郎氏などのような先輩たちが神田の飲屋で送別会を開いてくれた。そしてその日、こうした先輩や友人たちも横浜港に見送りにきてくれている筈《はず》だった。

「久しぶりに見るフランス船だからね」と丸岡さんまでがニコニコして、「君を送りかたがた、船内で向うの葡萄酒でも飲むかな」

「そうなさって下さい」私も得意になって答えた。「お忙しいところ申し訳ございませんが」

私が得意になるのも無理もなかった。とも角も我々は工大の桶谷先生につぐ戦後、第二回目の洋行者だったからである。私は自分を乗せていく巨大な仏蘭西船を心に描いた。碧い海がいつも見える自分たちの船室《キャビン》のことも一週間前から空想した。

碧い海がいつも見える船室《キャビン》……それは私の言葉ではなかった。一週間前、我々が切符の手続きのためにマルセイエーズ号の船会社であるメッサージュ・マルテーヌ会社の出張所をたずねた時、そこの水谷さんという女性秘書がそう言ったのである。

水谷さんは私たちの前にあらわれた外人の金持らしい夫婦にマルセイエーズ号の写真とモデル・シップを見せながら彼等《かれら》が泊る船室の説明をしていた。それは船室というより控間のついた応接間とよんだほうがよかった。

そしてこの夫婦のあと、私たちが我々の船室の写真を見せてくれと威張ってたずねると彼女の顔が急に曇って、

「写真は生憎、ないんです」

「ないって?」東大を出た井上という留学生が不満そうにたずねた。「じゃあ、このモデル・シップの大体どのあたりですか」

水谷さんはなぜか、しばらく黙った。黙ってから、やっと口をひらいて、

「四人のお部屋は……碧い海がいつも見える船室《キャビン》ですわ」

碧い海がいつも見える船室《キャビン》……その言葉は我々に――少なくとも私にはだれかの詩を連想させた。もちろん私たち日本人留学生に一等や二等を買う金などなく四等(キャトリエーム・クラス)をやっと予約したのだが、仏蘭西の豪華船の四等なら当然、普通の船の二

等並みの船室にちがいないとその時思った。

メリケン波止場の前でバスをおりた時、私と父とは息をのんだ。マルセイエーズ号がすぐ眼の前の岸壁に錨をおろしていたからである。マストも煙突も船体も汚点一つなく真白ですべて舞踏会の衣裳をまとった乙女のように優雅で気品があった。

（この船で……俺は、仏蘭西に行くのか）

するとと私の胸のなかには忽《たちま》ちにしてこの船のなかでくりひろげられる華やかな生活が思いうかんだ。ホテルのようにまぶしい灯をともす、この船。舞踏会や映画会のある毎夜。昼は昼でデッキチェアーにもたれ、碧い海をながめ輪投げをしたり、おしゃべりをしたりする。そうした豪華船での生活は映画でもみたし、サマセット・モームの小説でも読んだことがあった。あれだ、あれが今日からの俺たちの生活だ。私はそう思って父の顔を見た。父は父で、すこぶる満足そうな眼で私とその船とを見くらべていた。彼の胸中に起った感情を息子の私はほぼ想像することができた。

だがその時、私は沢山の人の集まっている岸壁にNという三田文学の先輩の一人をみつけた。Nさんは私をみとめると、なぜかひどく悲しそうな顔をして手をあげた。

「Nさん、Nさん」私は大声で彼を呼んだ。「丸岡さんや原さんはもう来て下さいましたか」

「もう、みんな、船のなかにいる。さっき、俺もなかに入ったんやけんど」それから彼は私の父の顔を一寸《ちよつと》みてためらったが、「随分、ひどいところで、君、行くんやなア」

私は侮辱された気がして黙った。だが父がびっくりして、

「そんなに、ひどいところですか」

とたずねるとNさんは更に悲しそうに、

「ぼくら、みんなで遠藤の船室はどこやと探したんです。そしたら甲板のほうにつれていかれて……」

そして彼はそれ以上は言わず口をつぐんだ。

父も無言のまま船にのぼる階段に足をかけた。私もそのあとに続いた。うしろをミッシェル・モルガンのように美しい仏蘭西女性が男に手をとられながら登ってきた。そして我々が足をふみ入れた船内はアッと驚くほど豪奢だった。マチスの壁画が右の壁全体をかざり、左はフロントになっていて奥には銀色のソファがあまた並んだ広間につづいていた。

その広間に行こうとする私に、Nさんは、

「ちがう、君はこっち、こっち」

広間とは反対の廊下を指さした。廊下の左右には金色の番号をうちつけた蜂の巣のような船室の扉がならび、私が自分の切符と部屋とを照らしあわせていると、Nさんは更に更

に悲しげに首をふり、大股で廊下の突き当りまで進み、そして雨がぬらしている甲板に出た。

そこは今までの華麗な船内とはガラリと趣きを変えていた。起重機が音をたてて大きな船荷を空中につりあげ、その下でシャツ一枚で腕に入墨をした下級船員たちが大声で何か怒鳴っていた。そしてその甲板の片隅に私は日本人の一群が怯えたように立っているのを見つけた。それが探していた丸岡さんや原民喜さん、柴田錬三郎さんたち、私を見送って下さった先輩、友人たちのグループだった。

「えらいとこで、行くもんだな」

丸岡さんは眼をパチパチしばたたきながら私を見るとすぐ言った。

「君の寝起きするのはこの下だよ、ぼくも行こうとしたが、何しろ階段が垂直でね」

丸岡さんの指さしたデッキにはポッカリ黒い怪物の口のような穴があいていた。そしてなるほど真直ぐに鉄梯子が下におりていた。

私がこわごわおりようとすると下から同行する東大出身の井上がのぼってきた。彼の顔面はなぜか真蒼だった。

「おう」と私は声をかけた。「もう来てたのか。随分、ひどい船室らしいな」

「クロンボがいる」と彼は顔をあげて呻いた。「俺たち、クロンボと一緒だぞ」

「なにい」

へっぴり腰で鉄梯子をおりると、足もとからペンキと油のいやな臭いと共に一種、異様な臭気が吹きあげてきた。そして私はうす暗い船艙のなかに鉄鎖で連結された灰色のキャンバス・ベッドの群れと、その間に何か蠢《うごめ》いている褐色の影をいくつも見た。

それらは褐色のアフリカ人だった。彼等のほとんどはカーキ色の半ズボンの他は何もしていない裸体だった。なかには顔に白い入墨をして毛布を体にまきつけている者もいた。そしてキャンバス・ベッドの間からその眼だけが異様に光り、こちらの一挙一動をじっと見ていた。私はおりるのをやめて、あわててデッキに這いあがった。

「いろんな洋行があるもんだな」

私のそばに柴田錬三郎氏がよって来て、低い声で、

「お前、本当にこの船で行く気か」

「だって……」

「お前、神戸に行くまでに、あいつ等《ら》に食われてしまうぞ」

今日、これを書きながら私は『眠狂四郎』の作者のその時の目つきと声とをはっきり思いだす。柴田さんは私をからかったり脅かすためにそう言ったのではなかった。実際、戦後まもないその時まで我々日本人は米国の進駐軍にまじっている黒人のほか黒人を知らな

かったし、まして褐色の白い入墨をしたアフリカ人など見たことはなかった。柴田さんの言葉はとりもなおさず私たちの気持そのものだった。

だが今更、下船するわけにはいかなかった。一年間もかかって準備した留学をやめる気は勿論なかった。そしてその時、見送り人の下船を促すドラが鳴りはじめた。

十分後先輩友人たちは岸壁に戻り、私たち四人の日本人留学生は屋根も覆いもない端っこの甲板で雨にぬれたまま見送り人を眺めていた。一度井上が瀟洒《しょうしゃ》なパッセンジャー・デッキのほうに行こうとすると、真白な制服こそ着ているが拳闘選手のような顔をしたボーイが両手をひろげて、ここはお前たちの来るところではないと制止したと言うのである。

何回もドラが鳴ったにもかかわらず船はなかなか出なかった。しかし見送り人たちは辛抱づよく傘をさしたり、黒くぬれている倉庫の屋根の下で出発を待ってくれていた。私は自分の見送り人のなかに丸岡さんや柴田さんや原さんのほかに、後年、自殺した加藤道夫氏や恩師の佐藤朔先生や白井浩司先生の姿をみつけた。父はみなから離れたところで一人、ポツンとこちらを見つめていた。

一人の女が向うから走ってきた。彼女はパラフィン紙に包んだ花束を手にしていた。私はそれが三田文学の同人がよく行った飲屋「竜宮」の女中さんであることがすぐ、わかった。「おーい」と私は嬉しさのあまり叫んだ。「おーい」

しかし声は届かなかった。彼女は一人でキョロキョロと船の右から左に眼を走らせていた。その時、私は自分と岸壁の倉庫との角度がいつの間にかずれつつあるのに気がついた。船は知らぬ間に動きはじめていたのである。

二番目の防波堤を出ると、もう港はすっかり遠くなった。横浜の町全体が博覧会のパノラマのように小さくひろがって見え、もう灯をつけている建物もあった。それらは戦後、最初の留学生である我々にとってはもう横浜の町ではなく、既に離れつつある日本だった。当分、見ることのできぬ母国だった。霧雨は依然として降っていたにもかかわらず、私たち四人はハンカチで顔や額をぬぐいながら、いつまでもその灯や町を食い入るような眼で眺めていた。

「おい、入ろうや」

しばらくして四人のうち誰かがポツンと言った。波がいつの間にか出て、その波は黒く冷たく船のまわりをおどっている。そして一等やパッセンジャー・デッキからは楽しそうな音楽や笑い声がきこえていたがそこに入ることを許されぬ日本人の我々は、自分たちの住むあの臭い船艙に行くより仕方がなかったのである。

だが、いざ鉄梯子をおりようとすると私たちは一様に尻ごみをした。あのターザン映画に出てくる褐色のアフリカ人たちの一群を思いだしたからである。彼等がなんのためにこの船のあそこに居るのかわからなかったし、一体、どんな言葉を使うのかも私たちは知らなかった。

尻ごみをいつまで続けても仕方がないので私が先頭に立って鉄梯子をさっきのように降りはじめた。ペンキと油とそしてあの異様な体臭が鼻に臭ってきた。そして灰色のキャンバス・ベッドの間に山猫のように光る幾つもの眼が我々の一挙一動をじっと窺《うかが》っていた。

「こ、こ、ん、に、ち、は」と私はふるえ声で言った。「こ、ん、に、ちは」

しかし彼等はニコリとも身じろぎもしなかった。必然的に梯子をおりた我々四人とアフリカ人たちは睨みあう恰好になった。私は素早く彼等のなかでもっとも衣類をつけている男を眼でさがした。もっとも衣類をつけている男がおそらく向う側の大将だと考えたからである。

もっとも衣類をつけている男はネズミ色のランニングと半ズボンをはいて、頬に白い入墨の疵をもっていた。こう言っては悪いが、彼の鼻はつぶれ、ゴリラのような顔をしていた。私はポケットに手を入れ、勇をこして彼のそばに近づいていった。

その時、貧弱な私の頭にあったのはターザン映画だった。今ならば笑われるだろうが、たしかに昭和二十五年の日本人青年の大部分にとってはアフリカ人についての知識はターザン映画以外に何もなかったのである。

「こんにちは」

そして私はポケットから日本のピースを二箱だしてこの大男に差しだした。

彼の顔に困惑の色が走った。大男は私の真意がよくわからないらしかった。だが数秒の後、それを理解した瞬間、彼は、我々が驚くような歓喜の声をあげて、胸を片手で叩いた。

「オーラ。アガ、アガ、ザンバ」

それがきっかけだった。山猫のように光る眼で我々を窺っていた褐色の恐ろしい顔、顔が、いっせいに立ちあがって、この大男のふりまわす煙草を羨ましそうに眺めた。その彼が煙草を一本一本、仲間にわけてやると連中は今度は我々のそばに蛆のように寄ってきて、ワケのワカらぬ言葉で何かを問いはじめた。「エ?」「何ダ。何ヲ言ッテイルノダ」我々は狼狽したが、やっとそのなかに、はなはだ拙いが、とも角、仏蘭西語をしゃべる男を一人見つけることができた。

「オマエタチ、ナニカ」

「ワレワレ、日本人、ガクセイ」

「ドコ行クカ」

「フランス行ク、オマエタチ、ドコ行クカ」

「サイゴン」
手真似、身ぶりを入れた結果、我々はこのアフリカ人の群れが印度支那《アンドシーヌ》の仏蘭西外人部隊に属する下級兵士であることを知った。彼等は日本人の戦犯を護送して横浜に来たのである。

さきほどの大男は仲間に大声で何かを命じた。と、彼等はキャンバス・ベッドのかげから折たたみの机をもち出し、その机の上に麦酒の瓶やクレバンの煙草の箱を並べはじめた。そして大男はそのゴリラのような顔にニッと笑いをうかべ、我々を手招きした。一緒に飲もう、と言うのである。

当時の日本人にはまだ麦酒は貴重だった。丸岡さんや原さんたち三田文学の先輩たちはよく飲みに行ったが、それはカストリか焼酎だった。ましてクレバンの煙草などは絶対にお目にかかったことはなかった。

三田という我々の一人がそれを見てふかい溜息と共に言った。
「この人たち、ぼくらより、文明人ですねえ」
大男はひしゃげたアルミのコップに麦酒を注ぎ、自分が一口飲んで、それを差し出した。私は大いに、気持悪かったが断れば悪いような気がして、一気にコップのほろ苦い液体を飲みほした。コップの縁はヌルッとしていた。

翌々日、南支那海を通過した。海は荒れ、船旅に馴れぬ我々はいずれも気持が悪くなってキャンバス・ベッドに死人のように転がっていた。船の油とペンキの臭いが鼻についた。我々の食事は一、二等船客の余り物らしく、食事時間に厨房まであてがわれたバケツをもって取りに行くのだった。そしてバケツのなかに余ったシチューを入れてもらい幾片かのパンと、所々虫の食った梨をもらってくるのである。だが船酔いも手伝って私はとてもそんなものを食べる気にはなれなかった。

一日中、丸い窓に海が上下している。それをだるそうに見ては眼をまたつぶる。うとうととしながら、もう遠い日本のことを思い、見送りに来てくれた先輩友人たちのことを考えた。誰かが肩に手をかけるので眼をあけると、大男だった。彼はゴリラのような顔にニッと笑いをうかべ、皿に入れたシチューを差しだして、食えという手真似をする。私が一口二口食べてやめると、もっと食えと身ぶりで示す。私は乗船の時、この連中を軽蔑した自分を恥じながら、無理矢理にスプーンを口に押しこんだ。

四日目、発った時と同じように霧雨のふっている香港についた。戦争犯罪国の日本人には上陸はゆるされぬ。私たちは二日間、丸窓とデッキの上から雨にぬれた香港の波止場と倉庫だけを見て暮した。スコットランドのスカートをはいた兵隊が銃をもって倉庫の前に立っていた。

今夜いよいよ香港を出るという午後、午睡している我々は異様な騒ぎに眼をさました。階段を小猿の群れのように次々と中国人の老若男女がおりてきたからだ。古びたトランクや行李《こうり》が投げこまれる。赤ん坊が泣く。鶏を入れた籠までもった男もいる。残ったキャンバス・ベッドはことごとく彼等に占領され、ベッドをとれなかった者は床にアンペラを敷いて自分の場所を作る。

啞然とした我々もアフリカ人もこの中国人たちの群れをしばらく見ていた。というのは彼等はあたりかまわず蜜柑の皮を投げすてたり、床に手でかんだ鼻汁をとばすからである。コッ、コと鶏がその間を歩きまわっている。

「中国人だ」と井上は言った。「俺たちが日本人だと知ったら殺されるかも知れないぞ」

まさかと思ったが戦争が終ってまだ五年目だった。この中国人の群れのなかにも日中戦争で血縁を失い家を焼かれた者がいるかもしれなかった。

だが我々の心配をよそに彼等はその夜からただでさえ汚い船艙をゴミ溜め以上によごしはじめた。とりわけ我々が閉口したのは二つしかない便所に蜜柑の皮や紙を棄てたため、便器がつまったことである。船がかしぐとつまった便器から汚物があふれて床はビショビショになった。

「たまらん」井上は叫んだ。「俺たち日本人は彼等に模範を示さねばならん、俺たちが率先して掃除すれば、彼等は改心するだろう」

私たちは厨房から箒を借りてきて彼等に範を垂れるべく大袈裟な身ぶりで掃除をしてみせた。だが彼等はその動作を全く無関心なトロンとした眼で眺めているだけだった。憤然とした井上が一人の爺さま（その爺さまの周りは特にきたなかった）の前に進み、彼のキャンバス・ベッドの下を掃くと、爺さまはヒョイと足をあげて彼に掃かすままにさせた。

私は手鼻をかんでいる姑娘《クーニャン》の前に箒をもって立った。女性なら、恥じるところ多いだろうと思ったからである。だが彼女は愛くるしい顔に不安そうな色をうかべるだけでこちらの真意を理解しなかった。

「我欲掃除　貴女手伝」

私は一計を案じて紙にこの文字を書き、この娘に示したが、それを受けとった彼女は首をかしげた後、横にいた中年の男にそれを示した。中年男は私をじっと見つめた後、その紙に何か書きつけた。その言葉を今でも私ははっきり憶えている。

「儞好本船飲食」

この船の飯はまずいかと聞いているのである。私がうなずくと彼は我意をえたりというように姑娘にむかって何かを言った。

「駄目だった」

と私は箒をもったまま自分のキャンバス・ベッドに戻り仲間の留学生たちに言った。

「範を垂れるどころじゃねえよ。むこうは一向に動ぜんのだもん」

その夕方は久しぶりに海がないだ。私たちは中国人やアフリカ人たちとデッキに靠《もた》れ、大きな陽が熟れた杏の実のように海に沈んでいくのを眺めた。それが私たちの洋行の一週間目だった。マルセイユに着くまではまだあと二十八日、残っていた。そしてそれは亦《また》、朝鮮事変が突然、勃発する十日前のことでもあった。

あわれな留学生

一　汽車の中で

巴里《パリ》サンラザールの駅といえば、ちょうど東京の上野駅にあたるらしい。このサンラザールの駅からル・アーブルに向う汽車が、ぼくの降りるルーアン市に停車することはたしかなのである。

このようにややこしい書き方をしたが、許して頂きたい。九年前、このサンラザールの駅からやっと汽車に乗った赤毛布《あかゲット》のぼくは、東も西もわからず、それにこの国の言葉もろくにしゃべれず、助けてくれる人もなく、一人でルーアンとよぶ未知の町に行かねばならなかったのである。

今ならば巴里には大使館もある。留学生や画家など在留邦人も五、六百人はいるだろう。けれども戦争が終って五年後、ぼくがたった一人でフランスについた日には大使館もまだ設立されていない。巴里にも日本人は五人と残っていないらしい。その人たちもこの大きな都のどこに住んでいるのか、皆目、見当がつかない。要するにぼくは一人ぼっちであった。それにここは言葉の通じぬ、習慣もわからぬ異国の真中だった。

一昨日、長い海を渡ってマルセイユについたのである。マルセイユから夜汽車に乗せられて（ここまでは世話をしてくれる同じ船のフランス人神父がいた）今朝、巴里についたばかりだった。そして今、ここからルーアンに向わねばならぬ。

ルーアンには、ぼくを三ヵ月の間、タダで泊めてくれるという親切なフランス人の家庭があった。日本で留学の手続きをしている間、父の知人を通してこのルーアンに住む家庭で三ヵ月、夏休みの間だけぼくの面倒をみてやろうという親切な申し出をうけたのだった。

切符を買う時から面倒である。ルーアンのRの発音が日本人のぼくにはLとなる。RであろうがLであろうが、こちらにはどうでもよいのに、

「ルーアン」

「なに《クワ》?」駅員は首をかしげる。

「ルーアン。ルーアン、ルーアン」

周りの人々がクスクス笑う。若いフランスの娘が憐憫とも軽蔑ともつかぬ眼でぼくを眺めている。額から汗がながれでる。

やっと切符を買うと、ぼくは両手に大きな古トランクをさげてヨロヨロと歩きだす。首にもカメラをぶらさげているので歩きにくいことおびただしい。自分の恰好がみっともないことはよくわかっているのだがどうにも仕方がないのだ。

足もとが定まらぬので改札口で肥った紳士にぶつかる。彼がけわしい眼をしてぼくを睨みつけ、怒鳴ったが、何を言っているのかさっぱりわからない。

こちらはそれどころではないのだ。とに角汽車をまちがえてはならぬ。万一、行先のちがう列車に乗って、独逸《ドイツ》にでも運ばれては大変だからである。プラットホームで赤帽、駅員らしい男にぶつかるたび、

「ルーアン、ルーアン」

と何度も叫ぶ。相手は山のような鞄につつまれ、汗みどろのこのぼくを見てさすがに憐れみを感じるのか、乗るべき汽車を指してくれた。

拡声器で何かを言っている。耳をすまして懸命にきくのだが、これもよくわからない。日本の語学教育に呪いあれ。本は字引で何とか読めても、簡単な会話一つできぬのが外国文学をやった日本学生である。

列車の中にヒョロヒョロともぐりこむ。フランスの列車は日本のそれとちがって、半分をひろい通路にして、その通路にそって四人ずつ坐れるコンパートメントが一組ずつ並ん

でいる。

どの席も満員である。たまに空いている席には「予約」と書いた札がぶらさがっている。仕方なくぼくは洗面所のちかくにトランクをおろした。腰をおろしてハンカチで顔をふく。眼の前のプラットホームでは恋人らしい若い男女が柱にもたれたまま、長い長い口づけをやっている。金髪の若い娘の唇が青年のあごから首にかけてゆっくりと動いている。肩をだいた彼女の指に力がはいるのがよくわかる。

ぼくは口をポカンとあけて、それを眺めていた。日本では想像もできぬことだった。新聞や飲物やサンドイッチを売る白い運搬車が眼の前を通りすぎた。巴里についてから一滴も水をのんでいないぼくは、ピンクのジュースの瓶をみると、急に咽喉のかわきをおぼえた。

(買おうか。買うまいか)

足をホームに出そうとした時だった。突然汽車がガタンと動きだした。出発を告げるベルの音もならない前である。この国の汽車はベルの音もなく駅を出ることをぼくはまだ知らなかったのだった。

とも角、汽車に乗った。とも角、汽車は動きだした。あとは眼を皿のようにして着く駅、着く駅の名前を睨んでいればいい。ルーアンという文字が出たらすぐとびおりるのだ、それまでジッとこのトランクに腰をおろしているにこしたことはなかった。

汽車がよごれた黒い巴里の町をぬけて、工場やアパートの並んだ郊外をすぎるころ、やっとぼくの心も落ちつきはじめた。ガラガラと扉をあけて便所に行く白人の客が、トランクに腰かけたぼくをジロッとみる。

ルーアンでは夏休みの間、ぼくの面倒をみてくれるフランス人の家がある。ロビンヌさんといって主人は建築家なのだそうだ。子供が十人もあって結婚した娘が一人いるという。これだけがぼくのその家庭について知っている全部の知識だった。

見も知らぬ、しかも外国人の家に居候《いそうろう》になるという経験はぼくにも生れて初めてのことだった。どういう雰囲気や習慣をもった家庭なのか、想像もつかなかった。礼儀を正しく、面倒をできるだけかけないようにと日本を発つ時父に言われてきたが、日本とフランスでは万事、生活の作法もちがうからどうしてよいのかわからなかった。生来、あわて者のぼくだから悪意なく、きっと失敗をしでかすに違いない――その不吉な予感が黒雲のように胸の中にひろがりはじめた。

指をかみながらぼくは一生懸命、これからとるべき態度について考えた。とに角、何も知らぬのだから「どうぞ万事を始めから教えてほしい」と挨拶するにこしたことはないのだ。

だが「どうぞ万事を始めから教えてほしい」とはフランス語でいかに言うべきか。頭の中で仏作文の構文をたててみる。

窓のむこうには北仏の田園風景がひろがりはじめた。ゆたかな青い小川にそってポプラの並木がつづいている。牧場に黒と白の牛が草をはんでいる。午後の夏空に白い雲が金色にふちどられながら光っている。

(なんでもないじゃないか)とぼくは呟く。(出たとこ勝負……出たとこ勝負)

二　最初の日

ルーアン、ルーアン、ルーアン。

汽車がゆっくりとプラットホームにはいる。ホームには人の影もほとんど見あたらない。ぼくはあわててトランクを両手でつかむ。

降りる客の数も少ない。その客のあとについてぼくは出口とおぼしき階段をヒョロ、ヒョロと昇った。ナッパ服を着た二人の若い駅員が階段を掃除していたが、ぼくの姿を眼にすると、

「支那人?」

「印度支那人だろ」

と囁いた。

出札口を出ると、駅前の広場にカアッと午後の陽がふりそそいでいる。赤やクリーム色の車が五、六台、停車している。そのむこうにキャフェと書いたレストランがみえる。だれかがぼくに声をかけた。ふりむくと栗色の髪をした中年の婦人が、五、六歳の子供をつれてたっている。

「ムッシューE?」

「はい、はい」額から汗がまた流れだした。

「私・は・ロビンヌ夫人・です」

ぼくに自分のフランス語をはっきりわからせるためであろう、彼女は一語、一語、ゆっくりと言葉を区切って発音してくれた。これではいかにぼくだって大体のことはわかると言うものだ。

「私・と・子供・とは・あなたを・迎えにきた」

「アリガト。アリガト」

頭をさげるたびに汗が地面にポタポタおちるのである。

背のあまり高くないロビンヌ夫人はそんなぼくを鳶色のやさしい眼でじっと見つめていた。できるだけ恥ずかしい思いをさせまいと思ったのか、彼女は口早に子供に何かを命じた。この方の会話はよくききとれぬ。

子供は肯いて走りだした。万一にそなえて駅のあちらの出口、こちらの出口にロビンヌ夫人は十人の息子のうち、五人を選抜してたたせておいたのである。賢明なやりかたである。

（これは大変なオバさんだ）またしても変な不安が心の中で頭をもたげてくる。（この人の家で失敗せねばいいが、大丈夫だろうか）

むしょうに酒がのみたい。眼の前のキャフェのテラスで二、三人の男たちが麦酒を飲んでいる。だが居候になるぼくは勝手にあのキャフェに行くわけにはいかないのだ。

息子たちが集まってきた。ブロンドの髪、栗色の髪、背の高い青年、ソバカスだらけの少年。みんなぼくをとりかこんでぼくの鞄を持とうとする。

結構です、と、ぼくは必死で鞄にしがみつこうとしたが、カンジンの結構ですというフランス語がどうしても頭に浮ばないのだ。

（俺はバカにみえるだろう）ぼくは考える。（礼儀を知らぬ男にみえるだろう）

ロビンヌ夫人はクリーム色のオープン・カーの扉をあけて運転台に坐る。二人の息子だけがぼくと同乗することを許される。車が走りだすと彼女は時々こちらをふりかえって、町の通りの名を教えてくれる。教会の名を告げてくれる。

なんと教会と坂との多い町だ。マロニエの並木が清潔に秩序ただしく並んだ通りには赤い屋根の住宅がつづいている。その住宅の背後に点々と十字架をつけた教会がいくつでもみえるのである。

車は坂道をのぼると、白い三階建の家の前にとまる。

「ヴォワラ……」

ここが今日からぼくを世話してくれるロビンヌ家なのだ。芝生と大きなポプラや楡の樹のうわった庭が右手にひろがっている。

主人は出てこない。まだ事務所から戻っていないらしいのである。家の中にはいると外人の家に特有の、あのバタ臭い匂いが鼻につく。敷物をしいた廊下の遠くで、時計の鐘の音が四時をうっている。

ぼくの鞄をもった長男が戻ってきた。口髭をはやしてまるで日本人の四十代のような顔をしている。

「あなた幾歳、あるか」

このくらいのフランス語は大学で習ったからぼくにも言えるから、小声でそっとたずねると、

「はい、二十四歳です」

相手は恥ずかしそうに答えた。ぼくより一つ下ではないか。怖るることはない。鞄をもったまま彼は家の中を案内しはじめる。居間、テラス、食堂——食堂でこの口髭を生やした青年は何を思ったのか食器棚の引出しをあけるとフォークとナイフとを出してその使い方をぼくに説明したのだった。

「知っています」とぼくは驚いて叫んだ。「知ってますよ」

「でも、あなたのお国の人は、おハシで、お米をたべるのだ、とききました」

青年はドギマギして母親のようにゆっくりとしたフランス語を使って弁解した。

「はい。しかし西洋の食物も食するのです」

「なるほど。お国には、沢山のアメリカ人が、来たからですね」

ぼくは疲れと苦い諦めとで肯いてしまう。これ以上何を言っても無駄なような気がするし、それにおぼつかないフランス語で複雑な説明をするのが面倒臭くなったからである。

階下を歩きまわったのち、廊下の一番奥の部屋の前までくると青年はここが両親の部屋だと言った。その部屋の向い側に便所があった。青年はだまったまま便所の戸をひらいて、

「エヘン」

と咳ばらいをする。何も説明しなくても、おわかりであろうという意味である。軽い恥ずかしさと屈辱感をおぼえながら、ぼくも視線をそらした。

あてがわれた部屋は二階だった。八畳ほどのひろさである。洋服ダンスとベッドと机とが備えてある。青年が二つの鞄をおいてたち去ると、ぼくはふかい溜息がこみあげてきた。一時に一日の疲労がこみあげてきた感じである。とても寂しく、とても哀しい。

窓に夕暮の西陽があたっている。窓のむこうに楡やポプラの樹の茂った庭がひろがっている。庭のどこかからピンポンの球の音がきこえてくる。

とも角、この見も知らぬ家で三ヵ月間すごさねばならぬのだ。ぼくは一種の居候であり、居候である以上、この家庭の中で勝手に寝ころんだり、勝手に酒をのんではいけないにちがいない。

机の上にうつぶしてぼくはしばらく眼をつむっていた。夕闇がだんだん部屋の中にしのびこんでくる。階下で鈴の音がなっている。夕食を知らせる鈴の音だと思ったが、とても食事をする気にはなれなかった。だれかが階段をあがってくる。ぼくを呼びに来たのだろう。我儘は許されない。ぼくは嬉しそうな表情をつくってたちあがる。

三　食事

このルーアンに来てから三日たった。三日の間、夢中だった。

朝は六時半に起きる。こんなことも日本の自分の家にいた時は絶対にやったことはないのだ。

フランス人の家庭では朝飯は十時頃までに家族の一人一人が自分の自由な時間にバラバラにとるらしい。だが二日目の朝、ぼくは目覚しをかけ、六時半に目をさましたのだ。体が石のように重かったが、居候の身だから寝坊するわけにはいかなかった。東京では一分ですます洗面も十分もかけて丹念にやり、髪にクシを入れ、食堂におりると女中一人がガウンをはおったまま、ガスで牛乳をわかしていた。

ぼくを見ると仰天したような顔をして、

「朝ごはん?」

「はい。おねがい」

うどんのドンブリのような鉢に牛乳と長いフランス・パンが運ばれてくる。

八時、夫人が食堂におりて来た。たちあがって挨拶をすると、夫人も驚いた顔をして、

「あなたは、勤勉な、人です」

「はい、はい」

「わたしは、息子たちに、あなたの勤勉を、見ならわしたいと思います」

次から次へとねぼけ眼で起きてくる子供たちに、夫人はぼくがいかに早起きかを説明する。息子たちは恨めしげな眼つきでぼくをチラッとみるが、夫人は感動したような調子で

叫ぶのだ。

「六時にムッシューは起きたのですよ、六時に……」

(ああ、こう、ほめられれば、明日から……俺は毎朝、六時に起きねばならぬ) ぼくはしょんぼり考える。(なんというバカなまねを俺はやったのだろう)

三日間の間、この家で便所に行くのも一苦労だった。便所は生憎、ロビンヌ夫妻の部屋の向い側にあるのだ。外国では女性の前で便所にはいる姿をみせてはならぬとかねがね、きいていたから、足音をしのばせ、廊下に人影のないのを窺《うかが》ってから、脱兎のごとく便所にとびこむのである。

次に音が外部に洩れぬように用を足さねばならない。向い側の部屋にいつ夫人がいるかもしれないからである。ぼくは便器にたいして何十度の角度を狙って用をたせば、最小限度の微音でくいとめられるかを懸命になって調べたのだった。

時々、この家の小さな息子であろう、便器の板を濡らしている奴がいる。(俺がやったと思われてはならん。誤解されてはたまらん) オドオドとぼくは便所の中で考えこむ。だが放っておけばこの不始末をぼくの仕業と夫人は想像するかもしれないのである。しゃがみこんで、トイレット・ペーパーを何枚も破り、ぼくは自分のものではないこの濡れた箇所をふきまわるのである。

更に面倒なのは昼と夜との食事だった。夫人は二日目からぼくにフランスの食事の作法を教えこみはじめた。

第一原則は食卓の中心がその家の夫人であるということ。夫人がナイフやフォークをとる前に家族も客もたべはじめてはならぬ。夫人がフォークをおく前に、他の者はたべ終ってはならぬこと。

第二原則は葡萄酒をのむコップは必ずナプキンで唇をぬぐってから口をあてること。さもないとコップに唇のあとがみにくく残るからである。

そのほか、フォークの使い方、ナイフの握り方……こまごまとした注意を食卓でしこまれるので、食事をしていてもたべている気が毛頭おこらない。夫人の言葉をききもらすまいと耳をそばだてて、そのフランス語をキャッチするだけで精一杯である。

情けないことには、ぼくは日本にいる時から食事の早い男だった。幾度、注意されてもこの癖はなかなか抜けきらぬ。

だから、ロビンヌ夫人がまだビフテキの半分も口に運ばぬうちにぼくはほとんど平らげてしまっている。皿にはキャラメルの紙ほどの小さな肉しか残っていない。この時になって突然、食卓作法の第一原則が心にうかぶ。

（夫人がたべ終らぬうちに、皿の中のものを平らげてはならぬ）

陰険な眼つきをしながらぼくはその豆粒大の肉を細かく細かく刻みだす。その細かく切ったものをできるだけ時間をかけて嚙みしめる。こうして夫人が彼女の大きな肉を始末してしまうまで懸命にたべ続けるマネをせねばならぬのだ。

食事がすむと家族の者は客間に集まる。ロビンヌ夫人は大きな皮椅子に腰をかけるとラジオをききながら編物をはじめる。十人の息子はあるいは自分の部屋に戻ったり、客間でチェスを遊ぶのだが、居候のぼくは部屋に勝手に引きあげるのも失礼だろうから、面白くもないチェスを嬉しそうな顔をして覗きこまねばならない。

やがて九時の時計がうつ。ロビンヌ夫人は子供たちを促して夜のお祈りをはじめる。お祈りの間、跪いたぼくは一日の心の緊張と疲労とでウトウトとしそうになるのだ。

祈りがすむとやっと部屋に戻ることができる。部屋にはいり扉をしめると、やっと一人になれたというせつない解放感と溜息とがしみじみこみあげてくる。

窓から夜の空気が流れこんでくる、青白い夏の月が雲の間から出ている、なぜか知らないが、昔、唐の国に留学して、奈良の三笠山の月をしのんだ古人の心情がわかるようだ。ああ、日本は遠い。

四　酒

出張にいっていたというロビンヌ氏が一週間目に家に戻ってきた。夫人と同じように背はひくいが、腹の大きく突き出た肥った人である。頭はピカピカにはげている。

初めてこの家に来た時と同じように、この主人からも食卓で日本のことをいろいろきかれる。

「日本には石の家があるか」（日本家屋はことごとく木と紙とでできているという固定観念があるらしい）「日本人はベッドを使わぬなら、どこに寝るのか」（タタミというものを片言のフランス語で説明するムツカしさ）「日本人はミカドを神と思っているのか」

日本について話題がつきると、このロビンヌ氏はぼくらを笑わせようとして、フランスの小話をはじめてくれる。息子たちは声をあげて爆笑する。ロビンヌ夫人も体をまげて笑いをおさえている。それから――

それから、家族はぼくがこの笑い話を理解したか、どうかを探るようにそっと、こっちの顔を窺うのだ。もちろん、ぼくにはロビンヌ氏の早口のフランス語がほとんどききとれなかったのである。だが、顔をほころばせて、いかにもおかしそうに声をあげるのだ。

「ウフ、フ、フ、フハ」

「ムッシューEは今の話が理解できました」ロビンヌ夫人は主人や息子をみて得意そうに言う。

「彼のフランス語は毎日、上達しています。頭のいい青年です」

酒が飲みたい。飲みたいがこの基督《キリスト》教信者の家では食事の時の葡萄酒以外はほとんど主人も息子たちも飲酒しないのである。のみならず夫人はぼくを酒など口にしない立派な青年と思っているらしいのだ。新宿の武蔵野館の裏で焼鳥をくわえ、カストリをあおっていた二月前のことが、ひどく頭にうかんでくる。

十日目、ぼくはたまりかねて昼食後、

「町を見物に行ってきます」

ウソをついた。長男が案内しようと申し出たが必死で首をふった。今日まで町に行くにもいつも家族のだれかがついてきたのである。

一人で歩く楽しさよ。歩道を散歩する娘たちの白い足やブラウスに包まれた大きな乳房をひそかに窺うことのできるのも一人だからだ。

本屋でこのルーアンの町の案内書を買う。これはある目的に役だてるつもりなのである。案内書を買うと急いで裏通りのキャフェを探す。裏路のめだたぬキャフェをえらんだのは、もし大通りの店で酒をのんでいる姿をロビンヌ家のだれかに見つかるといけないからだ。

ここは労働者たちのくる酒場らしい。店の中は暗く、コップをみがいていた内儀が東洋人のぼくをみて怯えたような眼をする。蝿がにぶい音をたてて天井をまわっている。それでもぼくはかまわない。運ばれてきた麦酒に思わず口をつける。うまい。だれにも監視されず、だれにも遠慮することなく、居候として三杯目の飯のことを考える必要もなく、存分に味わう酒のうまさ。一杯、二杯、三杯……一ヵ月ぶりの酒。

日が暮れかかってくる。急いで案内書をひろげる。ルーアンの美術館についての解説を懸命に読み懸命に暗記する。今日は美術館を見物したことにするつもりだ。

店を出て、ロビンヌ家に戻る路で、ぼくは懸命になって息をハッハッと吐く。息の中のアルコールの匂いを消すためである。

「ハッハッ」

横を通りすぎた小学生が奇妙な顔をしてふりかえる。だがこちらはそれどころではないのである。

「ハッハッ、ハッハッ」

家に戻るとロビンヌ夫人が出口のところでたっていた。

「よい散歩をしましたか。どこを見物しましたか」

「はい、ベジツ館です」

夫人は満足そうに肯くのである。

「たいへん、立派な絵、沢山、沢山、ありました」

それからぼくは案内書の解説から暗記したものをいかにも見てきたように話す。

「いいえ、ビジッツ館でした」

「ベジッツ館？」

五　招待客

一月ちかくもたつと注意ぶかく耳さえ傾ければ少しずつ皆のフランス語がわかるようになってくる。

今朝、ロビンヌ夫人が突然、ぼくの部屋にはいってきた。夫人はそばの椅子に腰をおろして、ぼくがフランスの習慣や作法をおぼえたかと訊ねる。

「はい」

「わたしもそう思います。そこで、わたしは今夜、お友だちの御夫婦を、食事にお招《よ》びしますから、あなたも列席してください」

その友だちというのは著述家でアンドレ・ジイドの研究家だそうである。困惑と気の重さでぼくは芯からイヤだなあと思う。思うが居候のかなしさ、嬉しそうな表情をして、

「ジイドの研究家。すばらしい。嬉しいことです」

礼を言わねばならない。だが夫人がたち去ったあと今夜のことを想像して苦痛感ただならぬものがある。

階下で夫人がロビンヌ氏に話をしている声がきこえる。

「彼は大悦びでしたよ」

夕暮まで部屋に残って靴をみがき、髭をそりYシャツをあらため、爪を掃除する。これも今夜の食卓で無礼のないようにするためなのだ。

フランスの家庭では夜の食事は遅い。八時、門のあたりで車の音がきこえる。客があらわれたのだ。できるだけ客間におりる時間をのばすため、息をころして二階にかくれているが女中がよびにくる。

客間では客の夫婦と十八、九になる妙齢の娘がロビンヌ家の人たちにとりかこまれて、食前酒をのみながら談笑している。ぼくはオズオズとその客間にはいる。みなの視線がこちらをむく。

「日本の学生、ムッシューEですわ。宅で夏休み、面倒をみておりますの」

こちらは顔いっぱい微笑《ほほえみ》をうかべて腰をかがめるのである。客の夫には握手だけをすればよいが、その妻には「わが敬意を……」と述べて頭をさげねばならない。

食堂の準備ができた。ロビンヌ氏は相手方の夫人の腕をもち、客の夫はロビンヌ夫人を助け、恭しく食堂にはいっていく。

ぼくは例の令嬢の横に坐らされる。テーブルは男、女、男、女の順で腰かけるのが普通だ。いつもとちがって、真白な食卓には銀器やグラスの数がおびただしい。そしてぼくは微笑を浮べて隣の令嬢になにくれとなくサービスをせねばならないのだ。

顔をあげるとロビンヌ夫人がぼくのフォークを使う手つきを見て、チラッと眼で合図をする。うっかり、フォークの背に人差指をかけていたのである。

話は日本のことになる。例によってもう何回もロビンヌ夫妻にきかれた質問を、またしてもこの客の夫婦はぼくにたずねるのだ。

「日本の家は紙と木か」

「日本人はベッドで寝なければ地面に寝るのか」

「日本は暑い国だから猛獣はいるか」

ふしぎなことに白人たちは黄色人は暑い国に住む人種だと思っているらしい。そうした馬鹿馬鹿しい質問にもぼくは礼儀ただしく一生懸命、答えたつもりである。ロビンヌ夫人から教えられた食事の作法もほとんど大過なく守ったつもりである。夫人も満足そうな表情でぼくを時々、ながめていたのだった。

だが――

隣の令嬢が突然、ぼくに声をかけた。

「日本語ではムッシューのことを何といいますの」

ぼくはムッシューのことは日本語で「さん」または「氏」と訳するのだと勿論、知っていた。

「シ（氏）と言います……」得意そうにぼくは答えた。「たとえばムッシュー・ロビンヌはロビンヌ・シ」

なぜかわからぬが、食卓は急にシーンとした。令嬢は顔を真赤にしてうつむいてしまった。ぼくはもう一度、大声でくりかえした。

「ムッシュー・ロビンヌはロビンヌ・シ」

ロビンヌ氏は眼を三角にしてぼくを睨みつけ、同席の息子たちは笑いを懸命にこらえている。

「ロビンヌ・シですが。ロビンヌ・シです」

「ムッシューE、おやめなさい」夫人は声をあげた。「日本の話ではなく、フランスのお話をいたしましょう」

なぜ座が白けたのかぼくにはわからぬ。だがわかったことは、ぼくが何か重大な失敗をやったらしいということなのだ。礼儀ただしく、愛想よく、食事の作法をこんなに立派に果したのに、どこが、どう狂ったのであろう。

食事が終った。ロビンヌ夫婦はぼくを見ないようにして客夫妻と令嬢と客間に戻っていった。一人、席にのこったぼくに長男が近づいて、厳粛な顔をして口を開いた。

「シ、とこれから言っては、いけない」

「なぜですか」

「シ、とはわるい言葉。下品な言葉。娘の前では言いません」

シとは小便をするという俗語だそうである。ロビンヌ・シとはロビンヌはおシッコに行くということになる。食卓で若い令嬢や二人の夫人の前でぼくは四度もくりかえしたのだ。

「ロビンヌ・シ、ロビンヌ・シ、ロビンヌ・シ、ロビンヌ・シ」

部屋にそっと引きあげる、泣きたいような気持である。そして夜空は真暗で、今夜も青白い月が出ている。日本に帰りたい。心から日本に帰りたいとぼくは思った。

英語速成教授

いまから十五年ほど前、ぼくは阪神にある中学（現在の高校）の生徒だった。

中学は六甲山から大阪湾にそそぐ幾つかの川のほとりにあった。川は平常は水も枯れて月見草の咲く白い川原にすぎなかったが、雨がふると褐色の水が渦をまいてながれるのだった。

その川にそって中学のグラウンドがあった。グラウンドからは体操を教える先生の笛の音にまじって、軍人のいかつい号令の声がきこえてきた。そう……あなたたちは知らないかもしれないが、ぼくらの中学には一週に四時間、射撃や突撃を習う軍事教練の時間があったのである。三年前に北中国で起こった戦争があの国の全地域にむかって拡がりはじめた時代だったのだ。

「英語なんて習うたってしょうもないぜ」

先生の中にもそんなことを冗談まじりに言う人もあった。

「諸君も、できるだけ陸士や海兵を受けるんだな。それがイヤなら理科系の学校に進むんや」

そんなとき、教室のぼくらはヒ、ヒ、ヒと奇妙な声をだして笑ってみせるのだった。そのヒ、ヒ、ヒという笑い声には時代にたいする幾分かの憂鬱さと、少しばかり苦い諦めがふくまれていた。教室の窓からは地面の動物のように寝かされて鉄砲を両手に支えたまま匍匐前進《ほふくぜんしん》を強《し》いられている別のクラスの連中の姿が見えるのである。

教師のいうことはもちろん、ウソではなかった。まだ大東亜戦争ははじまってはいなかったが、英国と日本との関係がひどく悪くなり、神戸では反英国民大会の提灯行列《ちょうちんぎょうれつ》が行なわれる世の中である。

そんなある日のことだ。ぼくは同じクラスの吉岡と、学校から一緒にブラブラ帰っていた。吉岡もぼくもクラスの中では最低の成績で、教師たちもこの二人には進学を奨めるどころか、進級することさえオボつかないとサジを投げた形だったのである。

「お前、おもろいで」

吉岡は例によって漫才師のようなヘラヘラとした口調で話しかけた。

「伊勢屋のカルピスの広告になんと書いてあるか、知ってるか」

「知らんなあ」

「初恋の味、カルピスと書いてあるのや。どや、初恋の味、ちょっと、飲みにいかへんか。俺、十銭二枚、持っているさかい」

それから彼は、少し間の抜けた、うっとりとした眼つきをした。

「初恋て、どんな味やろなあ」

こちらはそんな初恋の味よりも、あと二週間に迫った学期末試験のことが心配だった。今日も今日で、ぼくは教師からこんな注意をうけたばかりであった。

「ああ、情けなくなるなあ。一年生でもナイフのことを君のようにクニフエと読む子はいないぜ。オキュパイをオカッピイと発音するものはいませんよ。こちらも教え甲斐がなくなるじゃないか」

前の定期試験の成績があまりカンばしくなかっただけに、今度、失敗すればどうなることかわからない。親爺《おやじ》の怒り顔、おふくろの泣き顔を想像するだけでも気持ちがめいってくるのである。

「お前、試験、どないするのや」

「試験？」

そう聞くと吉岡も少し憂鬱そうな表情をしたが、急に空元気《からげんき》をだして、

「アホくさ。あんなもん、どうでもなるわい。おれ、今度、タヌキに頼んであるねん。あ

いつ答案、そっと見せてくれる約束や」

だが、その吉岡も、この間、国語の時間に「兎に角」を「ウサギにカク」と読んでクラス中の失笑をかったばかりである。

「あれ。あの散髪屋のおやじ」

突然、彼は大声をあげて通りにある店屋を指さした。

「なにしてるんやろ。自分とこの看板、ペンキで消しとるぜ」

指さされた方向を眺めると、なるほど、通りにある散髪屋「ヒノ」の親爺が店先に梯子《はしご》をかけて、ペンキの缶を片手にもちながら刷毛《はけ》でHINOと横文字でかいた看板を塗りつぶしている。

散髪屋、日野の家にはぼくらと同じ中学に通っている子どもがいるのでこの親爺はわれわれ生徒だけを割引きで丸坊主にしてくれるのだった。

「おっさん、何してまんねん」

吉岡は梯子の下に手をかけて、すこし卑屈な声でたずねた。

「店がえでもしまんのか」

「アホ、いまごろ、店がえしてどうなんねん。非常時やぜ。お前ら、職域奉公《しょくいきほうこう》いう言葉を先生に習うたろ」

親爺はわれわれを上から見おろしながら、得意そうに胸を張った。彼はその昔陸軍の曹長として青島戦争に参加した男なのである。

「ええか、今は戦争や。英国は日本をナメとるんやで。そんな敵性国家《てきせいこっか》――わかるか。敵性国家の文字は早く消してしまわな、ならん。看板も書きかえな、ならん。職域奉公のあらわれや」

「それで、おっさん、横文字、消してまんのか。なるほどなあ……」

吉岡は心の底からかんにたえぬような声をだした。

「そんなことがわからんでは、お前ら時局の認識が不足やで」

「ほんまに学校でも認識を改めないかんな」

と吉岡はもっともらしく肯《うなず》いて、

「そやったら、英語なんか、はよ学校でやめてくれればええねん。今度の試験かて、あのイヤな横文字のテストなくなるさかいになあ。おもろいで。ヒス（英語の先生のアダ名）の奴、飯の食いあげや」

ぼくの心には急にあの東京の高師を出てきたばかりの色の白い、縁のない眼鏡をかけた英語の先生の姿が浮び上がった。実際、ぼくはこの神経質な先生に叱られれば叱られるほど英語というものがイヤになり、わからなくなってくるのだった。ナイフの場合だけ、なぜKという文字を発音しないのか、クナイフと読んだりクニフエと読んだりしてはいけないのか、ぼくには理解にくるしむのだった。

「ああ、英語の試験か」

ぼくは帽子で頭をたたきながら呟いた。

「ほんまに、なくなってしまえばええのや。誰ぞ、試験までに速成教授《そくせいきようじゆ》をしてくれる先生でもおらんもんかナ」

散髪屋の親爺とわかれて、吉岡とぼくとはしばらくの間、黙って歩いていた。

「クヨクヨするねえ。カンコ（カンニングのこと）やればええやないか」

「あれはイヤや。もし見つかったらエラいこっちゃぜ」

「気の弱い奴やな。なら、どないすればええねん？」

「誰ぞ英語のうまい人がいて山をかけてくれんやろか」

「そんな奴、おるかい」

そう言いながら吉岡は指を嚙みしめていたが、突然、ぼくの顔を下から見あげるようにして、

「オイ、もし、そんな人、俺が見つけてやったら、お前、カルピスを俺に奢《おご》るか」

「ああ、奢ったるわ。カルピスぐらい」

「よし」

彼は嬉しそうに肯いた。

「驚くなよ」

「その人の実力はたしかやろな」

ぼくは吉岡の言うことをあまり信用していなかった。だいたい彼はむかしから仲間を一杯ひっかけるのが得意で、今日までぼくもにがい目を三、四回、味わわされたことがあるからである。

通りには号外屋《ごうがいや》が鈴をならしながら走っていった。その号外屋がまき散らした紙には、第三次、日英会談が決裂したことが書いてあった。

もっともぼくらにはそんなことがどんな意味をもっているのか、サッパリわからなかった。二週間後に迫った定期試験をうまく切り抜けるほうが、はるかに重大問題だったのである。

「委《まか》せときゃ」

吉岡は得意そうに胸を張って歩きだした。

吉岡の家は芦屋にちかい夙川という住宅地にある。阪急電車をおりて、彼はぼくを薬屋や本屋や菓子屋の並んだ駅前から、しずかな住宅が並んでいる路のほうに連れていった。

「おい、どこにいくんねん、お前の家か」

「俺の家や、ないわ」

「お前、その人をよう知っとるか」

「それが……」

彼はクスクスと笑いだして、

「まだ話したことないねん。でも大丈夫やで」

「なんや」

ぼくは急に不安を感じながら足をとめた。

「知らん人やて?……そんならその人が英語ができると何でわかったんや。また人をダマすと承知せんぞ。こちらは必死なんやからな。真剣そのものなんやからな」

「うるせえなあ、大丈夫や。その人はヒスなどより、ずっと英語ができる。外国人やからナ」

「外国人?」

「そや、外国人や」

情けなさとも怒りともつかぬものが、ぼくの胸に湧いてきた。吉岡みたいな阿呆を信用したのが、こちらのまちがいだった。いくら英語のできる外国人とはいえ、その人に試験の山をかけてくれなどと初対面から頼めるはずはないではないか。

少し日が暮れかけていた。ぼくはよほど吉岡を怒鳴りつけて帰ろうか、とも考えたが、帰ったところで、ほかによい思案があるわけでもないのである。

路の両側にはひっそり静まりかえった洋館が並んでいた。どこかの窓からピアノの練習をする音がきこえてくる。

そのとき、吉岡が急に洋服の上衣のボタンをはめなおして、軽い咳ばらいをした。それから急に小声で、

「おい、いるで、いるで」

彼がそっと指さす方向を見ると、一軒の洋館の庭で五十くらいの異人さんが、盛んに鋏《はさみ》で生垣の薔薇《ばら》の枝を切っていた。

「あの人や」

「どこの国の人やろ」

「知らんなあ、イギリス人かもしれん。フランス人かもしれん」

「どないにして話かけるのや。……お前あの人、知らんのやろ」

今の諸君は外国人に気やすく話しかけることはできるだろうが、当時のぼくらは背の高

い白人と接する機会がまったくなかったといってよかった。まして、こちらは英語のできない落第坊主たちなのである。

「エヘン」

吉岡はまた改めて咳ばらいをすると、その生垣のほうにゆっくりと歩いていったのである。ぼくと言えば、電信棒《でんしんぼう》に少し体をかくすようにして彼の一挙、一動をひそかに窺《うかが》っていた。

（アイツ、英語もできへんのに、どないするつもりやろ）

他人ごとながら、こちらは吉岡の心臓にあきれていると、

「ホワット、イズ、ディス」

まことに歯のうくような発音で彼は薔薇の生垣を指さして大声で叫んだのである。

異人さんは、はじめ、びっくりした顔をして、鋏を動かすのをやめた。

目の前に一人のウスぎたない中学生がとびだして、必死の形相ものすごく、大声をあげたからである。

「これ《ホワット》、なに《イズ》、あり《ディス》ますか」

吉岡はもう一度、声をしぼりあげた。

「これ……これは薔薇です」

異人さんは唇にやさしい微笑をして答えた。

「これ、なに、ありますか」

次に吉岡は生垣から見える畠のトマトをさして訊ねた。

「これ……これはトマトです」

「これ、なに、ありますか」

「これ……これはキャベツです」

電信柱のかげでぼくはその会話をききながら、まったくばかばかしくなってきたのである。薔薇だってトマトだってキャベツだって、何も教えてもらわなくても見ればわかるじゃないか。

「アイ・ゴー・トウ・ア・ミドル・スクール」

今度は突然、吠えるような口調で吉岡は叫んだ。

「オウ、イエス」

異人さんは困ったように肯いた。

「マイ・ネイム・イズ・ミスター・ヨシオカ」

ぼくのほうを指さし、

「ヒイ・イズ・マイ・フレンド。ヒズ・ネイム・イズ・ミスター・エンドオ」

ぼくは真赤になって電信柱をだきしめた。できることなら、彼の尻を思いきり蹴とばして逃げだしたかったのである。

だが、そのとき、吉岡の怪奇なる英語がハタととまった。彼はしきりに何かを思いだすように、

「マウンテン……マウンテン・オブ・ディスリーダ」

と繰りかえしているのだ。マウンテン……マウンテン……はじめはぼくも彼の真意がよくわからなかったのだが、やがてそれが「このリーダの山（マウンテン）をかけてください」の意味であると、だんだん、理解できたのである。

異人さんはキョトンとした顔をしていた。やがて彼は鋏を右手にもつと、ゆっくりとした日本語で答えたのだった。

「わたしは少し、日本語ができますよ。日本語で言ってくださぁい」

「日本語ができるんでっか、へえー」

吉岡は頭をかいた。

「ぼくら英語を教えてもらいたいんです」

「英語……そう」

相手はまた唇にやさしい微笑をうかべた。

「どうか、その門から、はいってください。どうぞ、どうぞ」

異人さんは、イブ＝ネランというフランス人だった。その家の中で、彼の奥さんや美しい娘さんにとりかこまれながら、定規のように吉岡がかしこまっていた姿を、今でもぼくは思いだすことができる。部屋の中は少しバター臭い匂いがしたたし、暖炉には奇妙な音をたてる金の置時計がおいてあった。そして奥さんと娘さんが、幾分、好奇心とオカシサをこらえた顔をしながら、ネランさんの説明をきいたあと、ぼくらにビスケットと紅茶をふるまってくれたのだった。

だが吉岡もぼくも、紅茶茶碗をもつ手が震えるのをどうすることもできなかった。

「勉強しましょ、今日から」

ネランさんはぼくらの真黒な教科書をもの珍しそうに開いて、

「これは、なかなかムツカシねえ」

「そんなこと、ありまへん」

吉岡は蛙《かえる》のつぶされたような声をあげた。

「読んで、ください」

ネランさんは真顔で命じた。

ぼくらはしかたなしにリーダを読みはじめた。さすがにナイフのことをクニフエとは発音しなかったが、オキュパイのことをオカッピイと言うようなあやまちを幾度も繰りかえすと、

「困ったね」

ネランさんはさすがにサジを投げたように、

「試験、いつ？　とにかく、毎日夜、わたしの家にきなさい。昼間、わたし仕事、いそがしいねえ」

正直にいうと、ネランさんの援助もぼくらにはどうにもならなかった。つまり、あまりにむこうが高級すぎたので、その片言の日本語の説明さえもサッパリわからなかったのである。

「阿呆、お前のせいやで」

ネランさんの帰りみち、ぼくは吉岡の脇腹に拳を入れて恨みを言った。

「だが、もう、どうにもならんやないか」

本当にそうだった。ぼくらはわからないなりにも、その日からネランさんの家に毎夜、通い、ビスケットと紅茶をかしこまりながら頂いたあと、彼の片言の日本語訳を懸命にノートにかきこむのだった。

しかし、それはしかたがないというよりも、ネランさんの心根を裏切りたくはなかったからである。

試験がいよいよ始まる前日、ネランさんは夜の十二時まで、ぼくらの鈍い頭と貧弱な英語力をたてなおそうとして必死になった。

「オカッピイ、だめ。オキュパイ、わかりましたか」

吉岡が連夜の奮闘で居眠りをしはじめる。ネランさんはその膝に毛布をかけて、

「二十分、彼、ねむらしましょ。可哀想《かわいそう》ねえ」

勉強がすむと、彼は奥さんに命じて赤い液体をコップに入れて飲ませてくれた。それが、フランスの葡萄酒だとは中学生のわれわれは知らなかったのである。

英語の試験はそんな彼の心根にかかわらず、ぼくには目もあてられぬ成績だった。鉛筆を走らせながら、そっと吉岡を窺うと、彼はしきりに隣席の生徒をつついて哀願している模様である。

「どうや、できたんか」

ベルがなり終ったあと、ぼくがたずねると彼はくるしそうに首をふって、

「タヌキの奴、いくら頼んでも見せよらやせんで……」

「ネランさんの山、みんな、はずれたやないか」

「ほんまや」

だが、その夜、ネランさんの家に行ったとき、ぼくらは彼を悦ばせるため、というより、その心根を裏切りたくないためにウソをついた。

「みんな、できましてん」

「ほんまにチョロかったなあ」

ネランさんはパイプをくわえながら満足そうに幾度も肯いた。


それから戦争がひどくなっていった。イギリス人やフランス人は敵性国民としてみな住みなれた日本から引きあげねばならなくなった。

翌年、ぼくと吉岡が彼の家の前を通りかかると、ネランさんの家の窓がしまっていた。

薔薇の生垣が伸び放題に伸びていて、手入れをする主人もいないようだった。

エイティーン

私がデデにはじめて会ったのは、ちょうど三年前、私が十八才の時だった……

あれはその年のXマスのことだ。サチ子やトモ子や私は、三郎の家のパーティに招《よ》ばれていた。三郎はそのXマス・パーティに私たちを招んだ時、例によっていかにも秘密ありげな表情で、

「これ、内緒だから、ほかの奴等《やつら》に言っちゃいけねえぜ。今度の俺んところのパーティに一寸《ちょっと》、オツな奴が来るんだ。唄とおどりとがすごくウマくてよ。それに……」

「あとは言わぬが花さ。来てみてビックリ」

「何時《いつ》だって三郎は」サチ子が肩をすぼめてみせた。「内緒内緒のお話なんだから。そのくせ行ってみれば泥臭いパーティばかりじゃないの」

サチ子の言ったことは本当だった。三郎の家でのパーティはいつも泥臭かった。まるで万国旗や風船をゴタゴタ飾りたてた小学校の学芸会のように、なにかわびしく、なにか悲

しく、万事につけて切れ味のいい所が一かけらだってないのだ。

だから、私たちはできることなら他のパーティに出かけたあと、一寸、お義理を果すつもりで三郎の所に寄るつもりだった。

Xマスの夜は空気が妙に乾いていて、星が辛いほどハッキリと輝くものだ。みんなはトモ子の運転するボロ車で出発した。AホテルとBホテルとでおどったり、お酒を飲んだりしたあと、私たちは車の中で、いかにも酔ったように、いかにも楽しそうに唄を歌いながら銀座に出た。歩道は紙の帽子やお面をかぶった人たちで溢れ、ジングルベルの曲がながれ、肩をくんで口笛を吹いている陽気な酔っぱらいがいた。私たちの車に吹雪のような紙テープを投げつけて一人の青年が叫んだ。

「ヘーイ。メリイ・クルシミマス」

車からたちあがって、私はおどけた声で答えた。

「ヘーイ。メリイ・クルシミマス」

頬に風が痛いほど吹きつけていた。メリイ・クルシミマス。苦しみとは一体なんだろうと私はその時チラッと思った。今、私に声をかけた青年は私が苦しんでいるとは思いはしないだろう。なぜなら昨日まで彼は自分や家族を養うため働かねばならなかったし、明日からもまた働かねばならぬからだ。彼がほんの僅かなゼイタクな食事とお酒を飲めるのは今夜のようなXマスを除いて、そう多くはありはしない。

けれども、私――あの青年とちがって、やろうと思えば毎日Xマスができないわけでない。私は苦しみこそわからないけれど、あるわびしい辛さだけはその時、感じていた。私は十八才だった。私は美しい服を美しく着ることも、パーティで上手におどることも男の子たちを惹きつけることも知っていたが、なぜか、何時も退屈だったのだ。死にたいほど退屈だったのだ。おどっても、お酒を飲んでも、お母さまとお芝居に行っても、それから時には危険のない程度で恋のまねごとをしても私の心の隅を隙間風のようになにか冷たい、味気ないものが吹きこんでくるのだった。なぜだろう。私が十八才だからかしら。もう少女でもない、といって一人前の女でもない不安な年齢のせいかしら。

それは私だけではなかった。車を運転しているトモ子だって、いかにも酔ったようにジャズを口ずさんでいるサチ子だって、私と同じように淋しくて仕方がないのだ。

「ヘーイ。メリイ・クリスマス」

私は手をふって叫んだ。

「三郎んとこに一寸、寄ってみようよ」

三郎の家には既に二十人ちかい人たちがおどっていた。三郎が奮闘、努力して招んだ甲斐があったわけだ。何処《どこ》かのキャバレーから運んだようなクリスマス・ツリイも天井にぶらさげた飾りつけも、例によってサチ子が首をすくめたように悪趣味なものだったけれども、私はそんなことよりも、その時、楽団の前にたってフシギな旋律で唄を歌っている美青年にすぐ気がついた。

「これね。三郎が内緒の話って言ったのは」

「うん」

その美青年は日本人ではなかった。背がとても高いので、私はヨーロッパ人じゃないなと思った。仏蘭西《フランス》人や伊太利《イタリア》人なら、こんなに脚がながい筈《はず》がない。アメリカ人かしら。けれども、その青年は随分、奇妙な発音で私のまだ聞いたことのない日本語の唄を歌っていたのだ。

俺の部屋だと、人は言うけど
この床は俺にはかたいぞ
この椅子は俺には冷たいぞ
俺の部屋だと、人は言うけど……

「へえー。御来訪か」三郎がウイスキーのコップを持ちながら、少しトロンとした眼で寄ってきた。

「どうでえ。一寸、いい歌手だろ、デデっていうんだ。それにあいつのおどりと来たら」

「どこの人」

「本名はアンドレって言うんだ。日本人と仏蘭西人の合《あい》の子《こ》だってさ。アンドレ、何と言ったっけな。まあ、何でもいいじゃないか」

「どこで拾って来たのよ」

「ふん」

三郎はニヤッと笑ったまま答えなかった。私はそのデデが歌う日本語と言えば日本語の、日本語でないと言えば、日本語でもない奇妙な発音を魅せられたように聞いていた。たとえば彼は「俺の部屋」と言う所を「俺のエヤ」と発音するのだった。仏蘭西人はHの発音ができないんだって。すると本当に三郎の言葉通り、デデは日本人と仏蘭西人の混血児なのかしら。それにしても彼の歌っている低い、嗄れた声には、せつない、もの悲しい響きがあった。うつむいた、その美しい顔だちには、何か暗い翳《かげ》があった。私は、その時、さきほど歩道で私に「メリイ・クルシミマス」と声をかけた青年のことを思いだした。

突然、楽団が高い引き裂くようなラッパを吹きあげた。デデは一人の娘の手をとって烈しいジルバをおどりはじめた。三郎の言ったことはウソではなかった。私は今まで、どんなパーティでも、ホールでも、デデほど上手いジルバを見たことがない。まるで何かに憑かれたように、背の高いこの混血児の青年はおどっていたのだ。

「気に入ったかね。紹介されたいかね」

「いいことよ」

「誘惑されなさんなよ」

「御冗談でしょ。こちらがその気なら今夜でも誘惑してみせるから」

「なら、やってみな」

「お生憎さま。その気がないんだから」

トモ子とサチ子と私とは肩をすぼめて部屋を出て行こうとした。その時、私はデデが怒ったような表情で私たちを見つめているのに気がついた。（ふん、しょっているわ）と私はその傷つけられたような美しい顔だちを見かえして、ある憎しみさえそこに感じていた

……

「素敵じゃないの、あの混血児《あいのこ》」

「三郎にしちゃ、大出来よ」

ふたたび車に飛び乗った時、トモ子とサチ子は口をそろえて、デデのことを話しあっていた。私は嚙みしめるように、私たちがわざと彼の唄とおどりとを軽蔑したように部屋を出た時、上目使いでこちらを見つめていた彼の顔のことを思いだしていた。(万更、悪くもないわ)

「あの子、どこで働いているのかしら」

「明日、三郎に電話してみるわ」

翌日から、また私たちの無意味な、無駄な遊びがはじまった。私たちは毎夜のようにデデが唄を歌っている「イベール」に出かけた。トモ子もサチ子もこの新しい玩具《おもちゃ》に熱中していた。玩具――本当にそうなのだ。私たちは一つの玩具にあきると、すぐ次の玩具に手をだす仕方のない子供に似ていた。そのくせ、何一つ玩具を持っていない子供よりも、もっと空虚な、もっとわびしい隙間風がその度ごとに吹きこむのだ。

「イベール」は銀座と新橋との間にある、小さなビルディングの地下室にあった。わざと照明を暗くした内部も、入口にたって白い上衣を着た無表情なボーイが怪しい客の出入を見張っている様子も、私たちには馬鹿馬鹿しかった。デデやバンド・マンの青年たちを見にやって来る娘たちと、その娘たちを手に入れようとする男の子たちで店は夕暮から一杯だった。

一週間もしないうちに、トモ子とサチ子と私とはこの店の常連になり、曲がすむとバンド・マンたちが私たちの卓子《テーブル》に挨拶に来るようになった。デデはこの店で色々な唄を歌っていたが最後には、あのXマスの夜彼が奇妙な発音で歌った曲で結ぶのだった。

俺の部屋だと、人は言うけど
この床は俺にはかたいぞ
この椅子は俺には冷たいぞ
俺の部屋だと、人は言うけど……

彼は私たちには歌手と客との限界も礼儀も超えようとはしなかった。特に親しげにするわけでもなく、と言って店が終って私たちが誘えば、黙ったまま、少し派手な外套の襟をたててトモ子の車に乗りこむのだ。そして私たちは彼を別なキャバレーやホールに連れて行き、一緒におどったり、お酒を飲んだりしたのである。美貌のこの混血児は誰の眼もすぐ引いたし、彼を連れて歩いている私たちもおのずと皆の注目の的になった。私は少しずつ、あの空虚な退屈なものを、冷え冷えとした隙間風を心の中から消すことができるようになった。

けれどもデデは淋しそうだった。急に笑ったり、急にはしゃいだりした後、彼の長いまつ毛のかげに私のわからない暗い翳が落ちるのである。

「何よ。そんなつまらなそうな顔して」

「ツマらなくないですよ」

「じゃ笑いなさいよ」

そんな時、デデはまるで詩のルフランでも呟くように低い声で答えるのだった。——俺の部屋だと、人は言うけど……

「あなた、仏蘭西に行ったことない?」

「ありません」

「仏蘭西はお父さまの国なの?」

「いいえ、母の国です」

デデは自分の過去のことを私たちにあまり話したがらなかった。私がこの会話を彼としたのは彼のアパートでだった。デデは横浜の高台にある小さなアパートに一人で住んでいたのだった。窓から港が見え、港からは白い外国の船が見えた。私はもう二十年前、彼の父親が仏蘭西の娘だった彼の母親をつれて、あのような白い船で日本に戻ってきた日のことを一寸考えた。

しかしデデは今、弱い冬の陽のさしこんでいる畳の上で長い脚を不器用にだきかかえたまま、ぼんやりと坐っていた。その顔もその姿もみじめで憐れだった。三郎の家でジルバをおどっていた彼、イベールで唄を歌っていた彼の面影は少しもなかった。

「トモ子やサチ子、どうしたんだろうな」私はわざと元気な声で叫んだ。「五時にはここに来ると言っていたのに。遅れてきたら、汽車に間に合わなくなっちゃうわ」

その日、私たちはデデを連れて熱海に遊びに行く筈だった。

「自動車がパンクしたのかも知れませんねえ」デデはぼんやりと呟いた。「でも、それでいいんです。ぼく、今日、あまり、出かけたくないんです」

「どうして?」

窓に靠《もた》れて灰色の横浜の町を眺めていた私はふりかえった。

「どうしてって……ぼく、疲れたんです。一人でジッとここに居たいんです」

デデの答は私をムッとさせた。その頃の私はたとえデデであれ、男の子から抗《さから》われることが承知できない年齢だった。

「じゃ、勝手にしたらいいわ。あたしが、あなたの考えていることぐらい、わからないと思うの?」

私は冷たい声で言った。デデは私たちの玩具になるのは、もうイヤになったのだ。私たちの言いなりになり、たえず御機嫌をとらねばならぬような生活に疲れたのだ。そんなことぐらい私は承知していた。だが、そう考えた時、私の心にはデデをもっとイジめてみたいという残酷な気持が起ってきた。

「そんなら、これでおサラバよ。もうトモ子もサチ子も私も、あなたとつき合わないから。でも、いいこと。あなたがどんなにキレイな顔のつもりでも、女の子たちがあなたを愛しているなんて自惚《うぬぼ》れないで頂戴。あんたはただ、騒がれて、享《たの》しまれて、忘れられるだけの男の子なんだから」

乳色の夕霞が既に部屋のなかを浸し、デデの体もその中に沈んでみえた。彼は黙って私の言葉を聞いていた。

「あなたには部屋なんてないんだから」私は勢にのって言った。「本当にあの唄の言葉通りね。俺の部屋だと、人は言うけど……なんだわ」

「本当にそうだ」その時、デデは私に聞えるか、聞えないほどの声で呟いた。「本当にそうだ。子供の時から、ぼくは何処に行っても自分の部屋がないような気がしていた。この部屋はぼくの部屋なんだろうか。ちがう。この空も、この港もぼくのものじゃない。何処に行っても、ぼくのものなんて見当りっこないんだ。あなた達には、そのぼくの苦しみがわかりっこないんです」

「わかるわよ」

「いや、わからない。なぜって、あなた達は混血児じゃないからな」

突然、デデはたちあがり部屋の壁に靠《もた》れた。彼はあの三郎のパーティで私たちを見送った時とは全くちがった強《きつ》い憎しみのこもった表情で私を見つめていた。

「じゃ、日本を離れて仏蘭西に行けばいいじゃないの」

私は怯えながら叫んだ。たしかにデデは何時ものデデとはちがっていた。私は彼から出来るだけ体を離すようにして部屋を出ていこうとした。

その時、デデは私には想像もできなかったほど荒々しく、私の肩を引張った。スーツが破ける音がした。私は彼の唇が自分の唇にかぶさって来るのを感じた。

「何、するのよ」

「俺の心なんて、あんた等《ら》、ズベ公にわかってたまるものか。ここにも、どこにも、故郷も国もない人間がどんなものか……」

一瞬、私は酔ったように彼にだかれていた。デデが復讐をしているものが何であるか、私はかすかに感じていた。私は混血児じゃない。しかし混血児のように根をおろす場所のない、不安な十八才の年齢だったからだ。もう少女でもない、まだ女でもないこの無秩序な季節。デデは私が毎日、聞かねばならなかった隙間風をもっとわびしく、もっと荒涼と味わってきたのだろう。そして今後も、これからも、それを耳にせねばならないのだろう。しかしそうした陶酔は一瞬の間だけのことだった。私はデデを突き飛ばし、急いでアパートの階段を走りおりた。

路に出た時、私は何ごともなかったように乱れた髪をなおし、ピラミッド・コートの襟を一寸たてて、真直に歩いた……


それから、ずっと「イベール」に行かなかった。デデにも会うことがなかった。私が行かなくなると、トモ子もサチ子も彼のことを忘れてしまった。今日まで彼女たちが多くの男の子のことをやがて、すっかり忘れてしまったように……

一年ほどたって、私は三郎に、何気なく聞いてみた。

「あの子、何と言ったっけナ。そうデデ。デデって、まだ生きている?」

「デデ?」三郎は遠いものを見るように眼を頼りなげに細めながら考えていたが「ああ、奴か。奴なら何でも貨物船に乗って日本を離れちゃったらしいぜ」

「仏蘭西に帰ったのかしら」

「知らねえな。メキシコかも知れねえや」

ある冬の朝、私は横浜に一人、出かけてみた。山の手のデデのアパートまで来てみると、むかし彼の部屋だった窓には何も植えていない茶色い鉢が三つおかれてあった。けれども、あの日と同じように、ここからは港が見えた。空も海も碧かった。港には白い外国船がうかんでいた。汽笛の音がきこえた。デデは馬鹿よ、と私は呟いた。仏蘭西に行ったって、何処に行ったってデデには故郷も国もありはしない。

「俺の部屋だと、人は言うけど」

デデにも私にも誰にも自分の部屋なんて生涯ありっこないのに……

小鳥と犬と娘と

一週に一度、土曜日の夕暮になると、その中年男は悠子の売場にやってきた。悠子の仕事は東京郊外の小さい町にあるこのデパートの小鳥係りだった。薄茶色の背広を着たその人は、しかし小鳥を買うのでもなく、ただ長い間、鳥籠の前にたって、じっと九官鳥や紅雀を眺めているだけだった。

男の薄茶色の背広はもう大分、色あせていた。保険の外交員でも持っているような鞄を、かかえていた。彼はいつも寂しそうな眼で小鳥を見つめていた。

悠子にはその頃、いくつかの縁談が叔母の手によって持ちこまれていた。ある私鉄の運転手の人や大きな工場の従業員たちが話の相手だった。しかし彼女は自分が平凡な人生を送る娘だけに、このまま結婚することが何か寂しく、どの話にも首を縦にふらなかった。

土曜の午後になると、あの中年の男は相変らず、小鳥を見に姿をあらわした。鳥籠に向きあっている彼のわびしい背に午後の弱い陽があたる。

デパートの屋上からは小さなこの町の家々とそれを取りまく丘陵が見おろせた。しかし、そこにも小さいながら人生や生活があった。薄茶色の背広の男は寂しそうな眼で一週一度、小鳥の前にあらわれる。悠子は小鳥たちの眼の哀しい色と、この男の眼とがどこか重なるような気が次第にしてきた。彼女はそれ以後、今まで気の進まなかった小鳥の世話に一つの意味があるように思えてきた。

やがて男はふっつりと姿を見せなくなった。悠子の心からも彼の記憶は消えてしまった。ある雨の日、彼女は勤めの帰り道、雑木林の前に四、五人の人が集まっているのを見た。警官の姿がそれに交っていた。だれかが林の中で首をつったのだそうだ。一匹の犬が林のそばに悲しそうな眼をしてうずくまっていた。自殺した人の飼犬らしかった。

翌日の夜、叔母がまた新しい縁談をもってきた。母と叔母との話をききながら何げなく夕刊を見ると、そのいちばん隅に自殺した人の記事が載っていた。なぜかしらぬが悠子はその人とあの小鳥を見にきた中年の男の顔を心の中で重ねあわせた。その人の死んだ理由は家族のだれにもわからない。知っているのは雑木林のそばに悲しそうな眼をしてうずくまっていた犬だけのような気がする。「どうするの」と叔母がきき、彼女は急にその見合いを承諾する気になった。自分でもその気持の動きがわからぬままに……。

除夜の鐘

ルポ・ライターの清岡は、この二、三年、ゆっくりと十二月三十一日の夜を送ったことはなかった。

去年も除夜の鐘をききながら、机にむかっていた。一昨年もたしか、同じような忙しさだった。彼がルポを書く週刊誌の締切りに間にあわせるためには、どうしても、そうしなければならなかったのである。

それが今年はどうだ。

どんなに遅くても歳の暮ぎりぎりまでかかるはずだった仕事が意外に早く片付いて、三十日にはすべて仕あがってしまった。鉛筆を放りだして清岡は一年間のすべてから解放された快感を思いきり嚙みしめながら、両手をのばしてあくびをした。そしてその夜行きつけの飲み屋で思いきり酒を飲んで、しみじみと仕事のすんだあとの楽しさを味わった。

だが、翌日の三十一日、二日酔いで少しいたい頭をふりながら昼前、寝床から起きてみると、妙な空虚感がするのである。今日、一日、何をしていいか、わからないような、勝手のちがった気分である。

本を開いたが、あまり読む気にもならぬ。机の引出しも整理してみたが、しかし三十二歳、まだ独身の彼の片付けなどは簡単なもので、一時間もすると、すぐ終ってしまった。

「ねえ。そこでテレビばかり見ていないでよ」

妹に叱られた。

「掃除ができないじゃないの。どいて、目ざわりだわ、大きな男が家のなかでゴロゴロしているのは」

「何かすることないか」

「結構よ。重箱ふいてもらったり、お皿洗ってもらいたいけれど、いつものように割られるのが落ちだから、どこかに出かけて頂戴。家にいられるとそれだけで邪魔よ」

今日まで母や妹の手伝いをほとんどしたことがない。たまに力仕事などをたのまれると、わざと不器用を装って物をこわしたり、落したりするので、しまいには彼女たちもあきれて彼には用をたのまなくなった。それが長年の彼のつけ目だったのである。

「はいはい。出かけますよ」

「そうしてよ。早くゥ」

彼は厄病神のように妹に追いたてられて、家を出た。家を出たものの、どこに行くという目当ても、何をするという目的もない。

角の煙草屋で学校時代から友人の会社に電話をして誘ってみると、

「冗談じゃないよ。今日は大晦日だぜ。早く帰って、年越そばでも食いたいよ」

受話器の向うからそんな声がはねかえってきた。そうか、大晦日か。家庭もちの友人たちはみんな今日は家で女房や子供と年越そばを食い、テレビで紅白歌合戦をみるのである。独身の清岡は自分一人が除《の》け者のような気がしてならなかった。

(することもなし、年の暮か……)

ルポ・ライターとして今年一年、夢中で飛びまわってきた彼には今のように全く自由な時間はほとんどなかった。それが急に与えられてみると、都会の騒音のなかで馴れ親しんできた男が、突然、田舎に住まわされると、そのあまりの静かさにくるしむように、清岡もこの空虚な時間に閉口しはじめたのである。


やることがないから渋谷に出て映画館に入った。くだらぬ映画だった。映画会社は正月にそなえて、手持ちのなかでも一番つまらぬ作品を師走に封切るのではないかと思ったぐらい、くだらぬ映画だった。

観客も文字通り、ほんの一握りで、館内はさむざむとしている。暖房はしてあったが清岡はずっと貧乏ゆすりをしながら、スクリーンにうつる西部劇を眺めて、何度もあくびをした。

外に出ると、もう日が暮れている。街には意外と人通りが少い。空車の灯をつけたタクシーが今日はいつもより多いような気がする。ただ食糧品を売る店にはまだ客が集まっているのは、明日の正月料理を買うためにちがいない。

「お客さん、どこへ行くんです」

タクシーに乗って、しばらく黙っている清岡に中年の運転手がふりかえってたずねた。

「赤坂……いや、赤坂なんか行ってもつまらない。どこに行けばいいだろう」

「ちょっと。困るねえ、早くきめてくださいよ」

「ねえ、行くところないかな、おじさん」

清岡は手短かに事情をその中年の運転手に話した。すると、

「今どきぜいたくな人だね、この三十一日にやることがないなんて、まるで人生の余り日みたいじゃないですか」

中年の運転手は笑いながら、そう言うと、

「じゃあ、浅草の観音さんでもお参りしたらどうです」

「観音さま？　そりゃいいかもしれん」

「今夜はね、初詣《はつもうで》の人たちが十二時から開門と同時にどっと押しよせるから、今ごろはかえって人もおらず、しみじみとして、いいかもしれませんぜ」

運転手は年輩の人だけあって、なかなかオツな思いつきをすると清岡は思いながら、

「観音さまなんて、この四、五年、行ったことはないな、行ってください」

そうたのんでから、たった今、この運転手が呟いた人生の余り日という言葉を急に思いだした。人生の余り日。へえ。なかなかイカす言葉じゃないか。一生のなかで、その一日だけは付録のようについている日があるとする。棄てようが、活用しようが、あってもなくてもいいような一日。清岡には自分にとって大晦日三十一日の今日がその日のような気がした。

「今年もこれで終りですな」

運転手は話好きらしくハンドルを動かしながら、

「お客さんにとって本年はいい年でしたかね」

「そうねえ、可もなく、不可もなしだったなあ」

「世間ではロケットが月に飛んだり、誘拐事件があったり、学生が暴れたり、色々起りましたがねえ。お客さんは可もなく不可もなかったですか」

「まあね。さして悪いこともせず、さして良いこともせず」

「じゃあ観音さまに除夜の鐘がなるまで何かいいことがあるように、祈るんですな」

「そうするか」

清岡は笑いながらうなずいた。しかしあと除夜の鐘まで六時間、わが身に格別なことが起るはずはない。


雷門のあたりに風船を売っているお婆さんが一人いるきりで、なるほど、あの運転手の言った通り、仲見世から観音さままで続く道は、ひっそりと人影もまばらだった。午前零時になるまでは大晦日の観音さまがこんなに空虚でわびしいものと清岡も知らなかった。

「旦那、店あけですよ。買ってよ」

仲見世がつきるあたりで、声をかけられた。みると、大小のダルマを沢山、ならべた若い衆だった。

「願いごとがかなえば、このダルマの眼を入れてやってくださいよ。どうです。旦那」

「まあまあ、あとにするよ」

清岡は苦笑しながら、そこを通りぬけて大きな提灯《ちょうちん》の下をくぐると、急に風のつめたさを感じながら眼前の観音さまを見あげた。

あと五時間もすればここには善男善女がひしめきあい、お賽銭《さいせん》をしっかり握りしめてあの階段を駆《か》けのぼる人でいっぱいになるのである。その光景が眼にみえるようなだけに、今のこの静かさが彼にはふしぎにさえ思われた。

彼は階段をのぼり、暗い内陣のなかにはいった。一人の娘だけが、そこで手を合わせて拝んでいる。

神も仏も信じたことのない清岡は、そのまねをして合掌はしてみたものの、さて何と観音さまに言っていいのかわからない。

「人生の余り時間です」

仕方がないから心のなかでそう言った。

「今年も平凡な一年でした。あと五時間しかありません。この五時間のあいだに、何かわが身に起るとオモシロイのですが……」

もちろん、この願いごとが聞き入れられるとは、清岡もこれっぽっちも信じてはいなかった。ただ、さっきの運転手がそんな意味のことをここで願えと言っていたから、そう呟いたにすぎぬ。百円玉を出して、

（少いかな）

と思ったが賽銭箱に放りこんだ。

戻ろうとすると、さきほどの娘がまだ帰りもせず、柱のかげでじっと清岡を見つめている。視線があうと、ハッと眼をそらせて二、三歩、歩きかけたが、またふりかえって彼を見た。

はてな、と思った。どこかで会ったような気もするが、それも確かではない、新宿のスナックか。それとも時々行くゴーゴー・バーか。だがそんな店に集まってくる女の子たちとちがって、その娘はひどく地味な恰好をしていた。

彼が歩きだすと、彼女は足早やに仲見世の方向にむかった。しかし、やはり時々、こちらをふりかえる。まるで自分のあとをついて来いと言うようである。清岡が誘いかけるのをじっと待っているようでもある。

（まさか）な。

まさか、この娘が街娼だとは思えなかった。街娼にしてはあまりに素人っぽいのだが、近頃は彼女たちも色々な手を使うから、わからない。好奇心が彼の胸をくすぐり、声をかけようかとためらった。

娘はさっきのダルマ屋の前でダルマをみるふりをしている。清岡がその横を通りすぎた時、彼女は顔をあげ、眼があうと、その顔をすぐ伏せた。

「君」

清岡は五米《メートル》ほど先の店のかげに体をかくして彼女が眼前にあらわれた時、声をかけた。

「なにか、用ですか」

娘はびっくりしたように立ちどまり、体を硬直させたが、

「すみません」

とあやまった。

「いや、別にわびてもらわなくても良いんだが、さっきから君、ぼくをジロジロ見ておられるんで……」

「すみません」

「顔に墨でも……ついていますか」

「そうじゃないんです。ただ観音さまにお願いしたらあんまりすぐ……。母が病気なんです。兄さんに会いたいって……兄さんは」

娘が何を言おうとしているのか、よくわからなかった。

「待ってください。ゆっくり話してごらんなさい。お母さんが病気で」

「すみません。そうなんです。お医者さんはもう駄目だって言われて、お母さんは兄さんの名をしきりに口に出すんです」

少しずつ事情がのみこめてきた。のみこめてきたが肝心なところがまだ掴めなかった。

「それで、ぼくが何か関係があるんでしょうか」

「すみません」

「その都度、すみませんと言わなくていいですが……」

「あたし、さっき観音さまに兄さんをすぐ戻してくださいってお願いしてたんです。兄さんは家を出て、どこに行ったか、わからないもんですから」

「へえー」

「そして帰ろうとしたら、兄さんにそっくりな人が、そばにいるので、びっくりして……」

「ぼくのことですか」

「ええ」

清岡は当惑して眼をパチパチとさせながら、

「そんなに似てますか」

「そっくりなんです。でも兄さんはそんな立派な恰好してませんけれど」

その時、清岡の胸にかすかな疑惑がわいた。ひょっとするとこの娘、そんな作り話をして俺の同情を買おうと思っているのかもしれない。

「そうですか」彼は少し冷やかな声で言った。「やっと事情がのみこめましたよ。じゃあ」

片手を少しあげて立ち去ろうとすると、

「あのォ」

娘は言いにくそうに彼が歩きだすのをおしとどめた。

「あのォ、お願いあるんですけど」

ほれ、きたと清岡は思った。この娘、同情をひいて金でもせびるつもりだろうと考えたのである。

「何ですか」

「母に会ってくれないでしょうか」

「ぼくが」

「ええ。兄のつもりで……。母はもう助からないんです。頭もぼんやりしてるんです。だから、ただ黙って十分間立ってくださったら、それで……。母は兄が家に戻ってきたと思って安心して……死ねるでしょう」


三時間後、清岡はタクシーに乗って家に戻ってきた。

「おい。二百円貸してくれ。車代が足りないんだ」

彼は玄関をあけた妹に言った。

「うそ。出がけに五千円、持っていったくせに」

「いいじゃないか。貸せよ」

妹からやっと二百円かりて運転手に払うと彼は茶の間に入った。

みちがえるほど廊下も茶の間も片づけられ、掃除がしてあった。明日のための餅もそなえてある。

「どこに行ってたの」

と母がたずねた。

「映画をみたのさ」

「飲みに行ったんでしょう」

と妹が横から口をだした。

「一滴も飲んでないさ。俺の口をかいでみろ。酒の臭《にお》いがするか」

「おお、きたない」

母は台所から年越そばを運んできた。

そのそばを食いながら彼がニヤニヤ笑っていると、

「何がおかしいの。変よ」

妹が疑いぽい眼で見た。

「何もおかしくないさ」

「じゃ、なぜ笑うの」

彼はなぜか、一時間前のことを母にも妹にも言いたくなかった。あれは俺の人生の余り日の出来事だ。まぶたの裏にまだあの小さな医院の一室がはっきりみえる。母親が寝ていて、うつろな眼でこちらをふりむいた。

「母さん。兄さんよ。兄さんが戻ってきたのよ」

娘がそう叫ぶと、キョトンとしたその老婆の顔に突然、うれしそうな表情が浮かび、唇がふるえて何かを呟いた。そしてその眼から泪がながれはじめた。

「母さん。わかる、兄さんよ。兄さんが戻ってきたのよ」

清岡はそばをすすり、茶を飲んだ。

「まずまず、今年も平凡で何もなくて良かったねえ」

と母親がしみじみと言った。妹が、

「あら平凡で良かったもないわよ」

と笑うと、

「いえいえ、平凡ほど有難いことはありませんよ」

と年寄りは首をふる。

「テレビをつけてよ。ゆく年くる年を見たいから」

妹にたのまれて、テレビをつけると、画面にさっき、彼が通りすぎた浅草仲見世がうつっている。そしてマイクをもった男が、

「もうすぐ午前零時です。初詣がはじまる浅草観音さまからの中継です。除夜の鐘はあと一分、あと一分で皆さまのお耳にも聞えるでしょう」

と言っていた。

ピエタの像

I

長崎にはもう五、六度、来たか。いつ訪れても飽きることがない。同じ原爆を受けた都市でも広島と長崎とではひどく感じがちがう。広島は戦争が終って二十数年たった今でも、まだ凄惨な傷痕が町の裏に残っているような気がするが、ここ長崎は被害地が浦上だけに限定されていたせいか、むしろ他の日本の地方都市よりも戦災をうけなかったようにさえ見えるのだ。

一寸《ちよつと》、表通りから中に入っただけで、古い崩れかかった土塀にかこまれた寺や、軒のひくい格子窓の家や、それから大きな樹木がすぐ眼にとまる、初夏の昼ひなかなどそんな裏路を歩いていると、くっきりと道に落ちた影の中から虚無僧が急に現われたり、稽古の帰りなのか、花をもった和服姿の娘が向うからやってきたりして、私はよく自分が二百年むかしに生きているような錯覚に捉えられたものだ。

四年ほど前から切支丹を主題にした小説を考えていた私は、そのためこの長崎周辺にはしばしば足を運んでいた。もちろん切支丹時代の遺蹟など今では何も残ってはおらぬ。そのむかし、スペインやポルトガルの船が着いた長崎郊外の福田や茂木も、今はさびれた漁村となって昔日の面影など、何処《どこ》にもない。

それでも私はよかった。ただ古びた町を歩き四世紀前から今日まで変らない島々や起伏する丘に立っただけで充分、満足だった。特に私はここに来るたび常宿としている風頭山の矢太樓から眺める黄昏の長崎湾が好きだった。

この湾から十六世紀の頃、日本の少年たちがヨーロッパに向けて出発した。有名な少年遣欧使節がそれだが、その時、その少年の一人が写生した長崎湾の風景画を見たことがある。彼等《かれら》が不安と夢とをこめて出発の日に眺めた島や入江が、往時と同じ形で眼前にある。それだけで私は軽い興奮をおぼえるのだった。

私はその湾を一望できる部屋で仕事をしていた。仕事につかれて眼をあげると、穏やかな入江いっぱいに夕陽がそそいで、島も停泊している船も薔薇色にかがやいている。一隻のタンカーが今、ゆっくりと入江を出ようとしている。

「進水式の日は、湾のなかの船がみんな汽笛をならすとですよ」

矢太樓の女中は私に説明してくれたが、その進水式は遂に一度も見ずじまいだった。

Ⅱ

四年前のある日、私は平戸まで出かけて、その翌日長崎に戻った。宿に戻って食事するには少し時間も遅すぎたので、私はこの町で一番にぎやかな浜町裏にある寿司屋で寿司をつまんでいた。

長崎の人には食通の変り種が多い。この寿司屋の主人も会社の重役までなったのだが固くるしい宮仕えに嫌気がさしてやめたそうである。今は、好きな時には仕事をするが、あとは息子にまかせて趣味のつりに出かけ、自分のとった魚を客に料理してくれる。

その日、私は彼の手製の鱲子《からすみ》をうすく切ってその中に大蒜《にんにく》をはさんだものを、酒のさかなに出してもらった。主人の自慢する通り、鱲子が舌にひっかかるようで、その間から大蒜の匂いが感じられ、実にうまい。それで盃をなめていると、戸があいて一人の中年男が入ってきた。

男は、私から少し離れたところに腰かけ、ゆっくり飲みはじめた。少しインテリのような彼の顔にはそれまでの人生の年輪を示すような皺があった。そして顔だちは多少、知的なのだが、どこかかすかに卑しい影があるように私には感じられた。

「ちょうど、ええ。御紹介しましょう」

主人は私のそばによって、

「あそこに飲んどるのは、町の歴史に詳しい鬼頭さんですたい。先生のお仕事にも何か役にたつかも知れんとですから、紹介しましょう」

それから盃を口にふくんでいる鬼頭に私の名を言った。

「ほオ」

彼は珍しいものにでも出会ったように、体をこちらにねじまげて、私の顔をじっと見た。

「お名前は存じあげとりますたい」

地方都市には、郷土史家と称せられる人が必ずいるものだ。学歴もそれほどなく研究室も師もいないが自分の独学で、故郷の古い歴史を足で調べまわる人たちだ。そうした人の年月かけた研究が、意外な発見をすることもある。鬼頭もその一人だと私は考えた。

彼は銚子をもって私の隣にくると、

「お一つ」

と言った。その声には少し押しつけがましいものがあった。

私が切支丹の遺蹟について、色々、質問すると酒のせいで赤黒くなった額と眼だけが異様に光りはじめた。郷土史家には強情なマニアが多い。そのマニア特有の偏執的な性格が、折角の彼の研究に大きな視野を与えるのを妨げているのである。彼は自分の銚子がからになると、私の徳利に手をのばし、それを飲みながら、他の同学の仲間を罵倒しはじめた。

「先生。長崎でな、切支丹の遺物が出た言うても、決して瞞《だま》されちゃいけんとですぞ。古物商なんかで時折、でるマリア観音や、切支丹つばやロザリオなどは、みな偽物ですたい」

「偽物？」

「そう。うまいこと作っとるですよ、ああいうものに素人はすぐ手を出すですたい」

彼の説によるとマリア観音などというものは本来、存在しないと言うのであった。切支丹信徒たちは、迫害後、五島や生月の島々にかくれたが、聖像をみな取上げられたので、本当の子育て観音をマリアに見たてて拝んだだけだという。

「マリア観音というて、特に作ったものなんぞないとですよ。あれア、みな普通の観音でな。どこにでも転がっとるものですたい。そのうち切支丹が拝んだものだけがマリア観音と言われとるだが、果して拝んだか、拝まんかったかは、こりゃあ調べようがないでしょうが」

私はうなずきながら、鬼頭がなるほど、郷土史家として優秀であることを認めざるをえなかった。と言うのは、マリア観音について同じ話を私はR大学の海老沢博士からきいたことがあるからである。

「先生。宿はどこですな。もし良かったら明日にでも、わが陋屋《あばらや》に来られんですか」

鬼頭は徳利が空になったのに気づくと、新しく酒を注文して言った。

「私が、まア、ポチリポチリと集めたものをお目にかけるですから。つまらんものばかりだが」

私は翌日の午前中に東京に戻ることになっていた。しかし、鬼頭がそう奨めてくれれば彼が長年かかって集めた切支丹遺物を見せてもらいたい気がしないでもなかった。

「なら、決った。私が明日、迎えに行きますよ。宿まで。知っとる、知っとる。矢太樓なら……」

その夜、彼につれられて、もう二軒まわった。彼の自慢話は初めは面白かったが、次第にこちらを疲れさせてきた。私は早く彼と別れて宿に引きあげたかった。

翌日、約束通り、鬼頭は迎えにきた。彼の家は市街の北にあたる山に面した一画で、シーボルト先生旧宅の跡にちかい。細い坂道の周りに農家がまだ残っていると思えば、アパートも建っているというような場所だった。

小さな庭の下が竹藪になっていて、その向うが谷に続いていた。東京では絶対にみつからぬような見晴らしのいい住居である。

「ああ、それは四年前に手に入れたですが、値打のあるもんではなかとですよ」

切支丹御禁制の表札が幾つか、額のようにかけてある玄関の壁を私が見ていると彼は首をふった。その上私には珍しい、かくれの持っていた仏壇（その中には十字架がかくされていた）やマリア観音も鬼頭は真偽のほどはわからぬと自分で否定するのだった。そして彼がこれは確かなものだと言ったのは高山右近の書簡と庭にある切支丹灯籠と、十字架の鍔《つば》のついた刀と茶碗とだった。

「実際、切支丹遺物というものは、そう、ざらにあるもんではなかですよ。私が十年かかって手に入れたものも、信憑性のあるのはこの四つだけですからなあ」

私が考えていた鬼頭とはちがった篤実な研究家の姿がそこにあった。私は昨日、この男を無意識のうちに軽蔑していたことを少し恥じた。

「これは……」

私は長崎に関する古文書やスクラップ・ブックをうずたかくつみ上げている埃っぽい床の間に、古びた聖母の木像のあるのに気がついてたずねた。

「それは一昨年、佐世保の旧家から買ったとですよ。たいしたもんじゃなかですたい。明治以後の宣教師が持ってきたものでしょ」

彼はほとんど関心がなさそうに、大きな音をたてて茶をすすりながら、私がその木像をとりあげるのを眺めていた。

私は宗教画や宗教彫刻についてほとんど知らない。知らないがその聖母像には何か心ひかれるものがあった。

聖母はまるで何かを支えるように左手を前に出し、右手を胸にあててうつむいていた。うつむいたその顔には、体中で大きな感情——烈しい哀しみと苦悩に耐えている表情があった。裏をかえすと、コンスタンツオという横文字の署名が見つかった。もちろん、この彫刻家がどういう人か知らぬ。無名の彫刻家の作品だろうが、しかしこの聖母マリア像に私は心をうたれた。

Ⅲ

東京に戻ると私は自分の大学時代の同級生であり、今は母校の助教授である滝田の研究室に電話をかけた。彼は切支丹のことは知らないが専門が美学なので、ひょっとしてコンスタンツオという彫刻家を調べてくれるかと思ったのである。

「知らないねえ。名前からみると伊太利《イタリア》人らしいが、しかし聞いたことはないよ」

「そうか。やっぱり無名の二流なんだろうね」

私はそれ以上、私の心を捉えたあの聖母像の作者を調べる気持はなかった。

「ところで相変らず一人なのか」

「うむ」

受話器の向うで滝田は暗い声を出した。きいてはならぬことをきいた私はあわてて、

「近く、久しぶりに飯でも食わないか」

と言った。

学生時代から沈鬱な、どこか思いつめたような顔をした滝田は、三年前、離婚したばかりだった。別れた細君はやはり学者の娘で、うつくしい静かな女性だったが、滝田が二年間、独逸《ドイツ》に留学している間に、どうした理由か若い恋人ができていたのだった。滝田が帰国してそれを知った時はもう遅かった。

むかしの仲間が集まって開くクラス会などで、滝田がみえないと、そのことが話題になった。

「女なんてわからないもんだ」

滝田の妻を知っている連中はみな、ふしぎがった。

「あんな物静かな女性が、いざとなれば夫や子供まで棄てて出奔するんだからね」

そんな言葉をきくたびに私はいつか尋ねていった滝田の家を思いだした。妻に去られた彼は、まだ五つにしかならぬ娘と婆やとで住んでいた。彼は私と話しながら、横で温和《おとな》し

く遊んでいる娘にたえず眼を走らせていた。母親に似て色白の、澄んだ眼をしたこの子供は時々、

「パパ。仔犬はいつ、もらいにいくの」

とたずねた。すると彼はやさしい声をだして、

「今度の日曜日」

と答えた。

私が心にあたためていた小説は次第に形をとりだした。それはちょうど、ゆっくりと沈澱していく水垢に似ていた。それが溜るまで急ぎすぎてはならなかった。

私は京都でその冒頭を少し書き、東京に戻って仕事場に使っている小さなホテルに入った。

日曜日の朝、私は突然、理由もなく滝田のことを思いだした。そして電話で、この前、約束したように、久しぶりで会わないかと言った。

「会いたいんだがね。今日、娘と向ケ丘遊園地に行くことを約束しているんだ」

「そんなら、俺もそこに行っていいか。どうも仕事が進まなくなって、気がムシャクシャしているんだ」

午後になって、私たちは小田急の沿線にあるこの遊園地で落ちあった。晴れた春ちかい

日だったから家族づれの人々が、ジェット・コースターやお猿の電車や塔につりさげた飛行機に乗って遊んだり、ボートに乗ったりしていた。向うの「ビックリ・ハウス」からは拡声器でしきりに客をよんでいた。

「疲れるね、たまに歩くと」

「年だ。もう我々も中年だから」

谷に面した茶店で赤い毛氈《もうせん》をしいた縁台に腰かけながら、我々はくたびれた腿を叩きながら笑った。むかし学生時代、私はこの滝田と伊豆を徒歩旅行したことがある。

「チイ子、あまり遠くにいかないで、遊んでらっしゃい」

彼は母親のように娘の洋服を一寸なおしてやり、ジュースを飲ませて言った。その彼の仕草を私は少し胸をしめつけられるような気持で眺めていた。

「もう、結婚をする気はないのか」

私は煙草に火をつけながら訊ねた。

「ないね」彼は苦笑して首をふると「今のところはない」

「しかし、母親の役までやるのは大変だろう」

「馴れたよ。もう」

「加代さんに、チイちゃん会いたがるだろう」

加代さんというのは、彼と娘とを棄てて家を出た滝田の妻の名である。

「加代子からも手紙が時々くる。自分が悪かったと言っている。一度でいいから娘に会わせてくれと言っている。しかし、俺は嫌だよ」

「そうだろうな」

私はうなずいて、谷の向うに淡紅色にかがやいている平野やその真中を流れている多摩川の河原に眼をやった。私だってもし滝田の立場だったらやはり許せないだろう。自分と子供を棄てて出奔した妻を許せないだろう。

「そうそう、君がいつか話していたコンスタンツオのこと……調べたよ」

胸の傷にふれられたくないのか、滝田は急に話題を変えた。

「調べてくれたのか」

「いや。まだ、たいしたことはわからない。切支丹はぼくの専門じゃないから、矢崎さんにたのんだんだ」

矢崎というのは、日本史の教授で、私が学生の頃はまだ助手だった。

「それでねえ、日本に来た切支丹宣教師のなかにコンスタンツオという名前の司祭がいたそうだ。平戸で殉教している。つまり自分の信仰に殉じて殺されたんだよ」

滝田は書きとめてくれたらしく、ポケットから手帖を出してそれを見ながら、パーデレ・コンスタンツオのことを教えてくれた。その話によると、コンスタンツオはやはり伊太利人だった。

慶長十年に日本に来たが切支丹追放にあってマカオに戻り、元和二年ふたたび渡来して平戸のかくれ家に潜み、平戸島や生月島をひそかに布教しているところを捕えられて火あぶりになったと言う。

刑場は平戸海峡をへだてた海べりで、四方から見おろせた。矢来は海岸から百米《メートル》のところに作られ、折から平戸港に碇泊していた蘭船や英国船十三隻もむらがって見物にきた。コンスタンツオは炎が足をたちのぼるのにも屈せず、説教をしていたが、最後に「聖《サンクトス》なるかな」と五度、唱えた時、猛火に包まれた。

平戸から生月島を渡ったことのある私にはあの島々の白い海岸が心に浮び、炎に包まれたこの殉教者の姿が眼に見えるような気がした。

「しかし、そのコンスタンツオが彫刻もやったという文献はないのだろう」

「それは矢崎さんも知らないと言っていた」

滝田は手帖をポケットにしまうと、他の子供たちを寂しそうに見つめている娘を呼んだ。

「チイちゃん。行きますよ」

私たちはそれから陽の翳《かげ》りはじめた雑木林をおりた。枯葉の匂いが地面からただよい、銀色の幹にはもうやわらかな新芽がふきはじめていた。帰りのタクシーのなかで、滝田の娘は父親の肩に靠《もた》れて眠った。その顔はあどけなかった。

それまでは無縁の人物だった宣教師コンスタンツオがこうして印象に残ったのは、とも角、この時からである。私はそれから小説に必要な切支丹文献をあさるたびに、無意識のうちに彼の名がどこかにないかと探していた。しかし勿論、数多くの殉教者のなかから、この人物だけを特に研究したような書籍は見つかる筈《はず》はなかった。

ところがその年の暮、私は偶然のことから、滝田の別れた妻に出会ったのである。場所は新幹線のなかだった。

その大阪行の列車で、私は本を読んでいた。ふと眼をあげると向うの車輛とこちらの車輛とをつなぐ扉をあけて、重役風の紳士が一人の和服姿の婦人を伴って、少しよろめくようにこちらに歩いてきた。

それが滝田と別れた加代子だった。私は見てはいけないものを見たように、あわてて視線をそらし、本に眼を落した。そして加代子は私のそばの通路を通り、隣の車輛に消えていった。

だが半時間ほどした時、私は声をかけられた。彼女の白い寂しそうな顔が、背中のうしろにあった。

「ごぶさたを、しておりまして」

と彼女は小声で言い腰をかがめた。香水の匂いがほのかににおってきた。

「やあ、これは」私はわざと磊落《らいらく》を装った。「久しぶりでしたな」

「お差支えございませんでしたら、少しお話しても宜しいでしょうか」

「かまいませんよ」

しかし私にとってはそれは少し迷惑な気がしないでもなかった。滝田をぬきに彼女と話するのはなぜだか、いけないような気がした。

「滝田には、お会いになりますでしょうか」

「ええ。時々お目にかかります」私はうなずいた。「彼元気ですよ。お嬢さんも」

「御存知でしょうが、私、自分のしたことを悔いております。一体なぜあのようなことをしたのか、自分でもわからないんです。滝田にはたびたび兄を通して詫びを申し入れましたが……さっきここを兄と一緒に通りましたでしょう。あの兄も色々と骨折ってくれたのですが駄目でした」

「知っています。滝田からききました」

私は向ケ丘遊園地で娘の洋服をなおしてやったり手洗につれていってやっていた彼の姿を思いだしていた。もしそれが自分だったら、やはり許せることではなかった。

「滝田はあなたを深く愛していたから、余計、許せないんでしょう」

こんな言葉は第三者の私が口に出すべきではなかったが、友人のために一言、言ってやりたかった。

「じゃあ、いくら私が詫びても、滝田は許してくれないでしょうか。私、せめて子供だけにでも会いたいんです」

彼女はハンドバッグをうつくしい指で押えつけながら哀しそうに言った。

「さあ、ぼくにはそれは、何とも言えません。でも彼が独逸から帰国して受けた傷を考えると、やっぱり強情を張るのも無理もない気がします。あなたにもわかるでしょう」

加代子は黙ったまま大きくうなずいた。その眼に泪が光っていたが、第三者にはどうなるものでもなかった。

彼女が自分の車輛に戻ったあと、私は窓に顔を押しあてて夕暮の光がさしている浜名湖をじっと眺めた。風があるのか、小波《さざなみ》が湖の表面にたち、釣人の小舟が不安そうにゆれていた。

Ⅳ

宣教師コンスタンツオの問題は私たちの予想を裏切って意外な進展をみせた。その年、ヨーロッパに研究旅行をした矢崎教授から滝田のもとに思いがけない便りがもたらされたからである。

ポルトガルからスペインの図書館をまわって切支丹時代の宣教師たちの通信文をマイクロ・フィルムに収めた教授は、アヴィラの図書館で偶然、コンスタンツオの書簡を見つけたのである。

矢崎教授が複写してまわった宣教師通信文とは、織田信長から家光までの日本の事情を知る上に重要な資料だった。波濤万里、日本に到着して布教に努めた宣教師たちはこの極東の国の模様や社会情勢や風俗を細かく書いてローマや本国の上司に報告したが、彼等は普通、三つの書簡コピーをつくり一つはマカオ経由、他の二つはそれぞれマニラ、メキシコ経由の便船に托したものである。万一、その一つが紛失しても他の二通が上司の手もとに届くことを期待したからだ。

だが、これら十七、八世紀の日本を描いた貴重な通信文は、今なお未整理のままポルトガルやスペインの図書館にうずもれている。もちろん、それは日本語に翻訳されてはいない。

そして矢崎教授は、それら埃に埋もれた通信文をマイクロ・フィルムに次々と撮《うつ》しているうちコンスタンツオの書いた幾つかの書簡を発見したのである。

「大兄がいつか御質問になった宣教師コンスタンツオについて小生、不勉強のまま、僅かなことしか御教えできませんでしたが、先日はからずもアヴィラの国立図書館にて資料調査中、三つの彼の手紙を探しあてることができました。それによりますとコンスタンツオは彫刻をよくし、日本の信徒たちのために聖像を屢々《しばしば》作ったと書いてあります。のみならずその一つの書簡によりますと、十字架よりおろされた基督《キリスト》の死体と、それを慟哭しつつ見まもる母マリアとの一対——普通ピエタ像と呼ばれるものを作り、その哀しみのマリア像は自分が持ち、子の息たえし基督像は口之津の教会に贈ったとのべてあります。そこでもし大兄の友人が長崎で見られた聖母像がコンスタンツオの作ならばそれは、あるいはこの書簡に語られているものなのかも知れません」

この手紙を滝田は自分の研究室で私に見せた。夕暮で大学はひどく静かだった。時々、研究室の戸をあけて、学生が入ってきては借りた本をおいて去っていく。

「専門外のことだが、俺も何かこの宣教師のことに興味を持ってきたよ。一度、俺もその鬼頭とかいう人の持っている聖母像をみたくなったね」

と彼は引出しをあけながら笑った。その引出しのなかに滝田はウイスキーの瓶をかくしていた。

「じゃあ、一緒にいつか行こうじゃないか、長崎に」

「いいよ。是非つれていってもらいたいね」

コップがないので茶碗にそのウイスキーをつぎながら彼はうなずいた。

「しかし、チイちゃんが寂しがるだろう」

「大丈夫だ。あの子は婆やになついているから」

私はいつか列車のなかで彼の別れた細君と会ったことは黙っていた。そして、学生時代からのこの友人に私の好きな長崎の風光が慰めを与えることをひそかに望んだ。

五月だった。私は滝田と飛行機で大村飛行場につき、新緑の大村街道をバスで長崎にむかった。彼とこうして旅行するのは学生時代一緒に伊豆へ出かけて以来だった。

大村から長崎にいく道にはちょうど、朱欒《ザボン》の花が咲いていた。楠の葉が眼にしみるように青くなっていた。私は彼にここの領王だった大村純忠の説明をしたり、純忠の居館だった三城のあとを指さして教えた。

「すっかり通だな」

「そうだよ。お前たちの研究も大変だろうが、小説家の勉強も楽じゃない」

長崎の常宿、矢太樓につくと、そこから私はすぐ鬼頭に電話をかけた。

「これは久しぶりですたい。いつ、お見えになったですか」

受話器の奥から、あの男の嗄《しわが》れた声がきこえた。

半時間後、鬼頭は我々のために、例の聖母像を風呂敷に包んで持ってきてくれた。既に一風呂あび、丹前を着た我々は鬼頭をかこんで、その像を改めて見た。

「もし、矢崎先生の話のごと、これが宣教師コンスタンツォの作ったものなれば……掘りだしものですたい。先生。ほんとに、私は安い値で手に入れたですからな」

かつて私を感動させた聖母像は、今、前よりも、もっと心をひいた。矢崎教授が手紙に書いた通り、たしかにこれはピエタ（哀しみの聖母像）の一部分だった。死せる子の力ない頭《こうべ》を片手で支え、もう一つの手で胸をおさえながら、哀しみの全てに耐えている母の姿——しかし、その子はここにない。子、基督の像は口之津にコンスタンツォが贈ったからである。

滝田は私と同じように、いや私以上にこの像に心をとられたようだった。私と鬼頭とが麦酒を飲みながらあれ以来の出来事を語っている間も、彼は両手で像をもったままじっと眺め続けていた。

「南蛮美術というジャンルは、日本の美学研究家はほとんど無視しているのだがね、こういうものを見ると、何か書きたいね」

彼はひとりごとのように、

「素人の作ったものにしては、あまりにいい。おそらくこの宣教師の深い信仰が作りあげたものだろうな」

鬼頭は得意だった。酔いもまじると彼は草の根をわけてもこの像と一対になった基督の像を探しだすのだと言った。

「しかし、おそらく無理だろうな」

私は半ば彼をからかったが、実際、その基督像が未だに残っているとは信じられなかった。その像はおそらく他の切支丹時代の聖像と同様に、奉行所によって没収され、焼かれ、消滅するか、あるいは国外に追放された宣教師や信徒の手で持ちはこび去られたろう。

「だがな、先生」

鬼頭は口惜しそうに言った。

「この母親の片手が、子供を求めておりますたい」

「子供を求めている?」

「そうですたい。私はアーメンではないがね、しかし、このマリアば見とりますと、何やら必死になって息子を求めとる……そんな気がするですたい」

そう言われてもう一度、このピエタ像を眺めると、確かに、哀しみに全身を震わせながら一人の母がそこから消え去った息子の体を求めながらその手を差しのべているように思われる。彫刻に生命がやどり、生きた一人の女性のように見える。そして滝田も同じ思いなのか、黙って、眼を落していた。

翌日は、鬼頭を入れて三人で口之津にむかった。もちろん、口之津に行ったところで、問題の基督像が発見できるとは思ってもいなかったが、かつて一度はそれがそこにあった場所をこの眼で見ておきたかったからだった。

口之津は小浜から海岸線にそって一時間、車でゆられた漁港である。今は見る影もなくさびれてはいるが、切支丹時代にはここは遠くリスボンからきたポルトガルの商船やマカオから来た中国のジャンクが集まり、教会がたち南蛮宣教師たちが住んだ町だった。

雨がふっていた。私たちは口之津の町役場に寄って、この町の地図をもらった。それから海浜の防風林のなかに、孤独に残っている切支丹の墓をみたり、唐人町のあとを歩いたり、かつての港だった場所を訪れた。

「こげんさびれる一方でしてな。今後は天草との連絡船をつくり、観光地にでもせねば、どうにもならんと思うとるです」

町役場の人はそう苦笑しながら呟いた。

城の跡というのは今は畠になっている一角にあったが、石垣一つ残ってはいない。私たちはただ、傘をさしてそこに立ち、コンスタンツオがそのむかし、贈ったという基督像がここにあったのかと考えるより仕方なかった。

V

私たちは本気にしなかったが、鬼頭は我々が東京に戻ったあと、仕事の合間をぬって（彼は当時、長崎県庁に勤務していた）、猛然と、コンスタンツオのもう一つの彫刻を調べはじめた。猛然とという表現はおかしいかもしれないが、しかしあの頃の彼の手紙を見ると実際そのほかの表現が私には思いうかばない。

彼は長崎図書館に日参して口之津に関するすべての古文書や文献をあさっていた。あの頃の彼の手紙をみると、島原、長崎周辺のどんな小さな古道具屋や古美術商にも足しげくまわったその姿が眼にみえるようである。

「もちろん、御存知でしょうが口之津の教会《エグレジア》は修道士アルメイダによって一五六三年に建てられたもので、一五六五年には宣教師トーレス神父によって日本教会の中心地に指定されております。一五七六年には二万人の信者が口之津から島原にかけて存在し千々石《ちぢわ》や有家《ありえ》には学院もできております。

しかし一六一四年からこの地方に迫害がはじまり、口之津では七十人が拷問をうけ殉教しております」

安っぽい便箋にぎっしり書きこまれた口之津切支丹史の鬼頭報告をひとつひとつ、ここに写すわけにはいかないが、こうした手紙を読むたび、私はこの男が一体なんのために、このような研究をしているのだろうと思わざるをえなかった。

鬼頭は基督教信者ではない。口之津の歴史はなるほど彼の言うように信徒たちの殉教の血にぬられた歴史である。しかし鬼頭とそれら信徒たちの生涯や信仰の間には、なんの関係もないのだ。

自分と何の精神的つながりもない出来事を憑かれたように追いつづけるこの町の歴史家の心は一体どのようなものなのか。愛郷心なのか。それともちょうど切手の収集家が切手をただ集めるためだけに集める——あのような心理に似たものなのだろうか。彼は正直いってあの聖母像に心ひかれていたわけではなかった。ただそれが偶然、殉教者コンスタンツオの作だとわかったから、もう一つのものが、どうしてもほしくなったにちがいない。鬼頭は淫している。切支丹遺蹟や遺物に淫しているだけだ。そう考えると私はなぜか、あの聖母像が彼の手もとにあることが恨めしくなった。そしてもし万一、基督像のほうも発見されたとしても、それを彼の手に渡したくはなかった。

だが、そういう私の気持にきづかぬ鬼頭は相変らず、せっせと報告をよこした。

「小生たちはひどい間違いをやっていたようです。いつぞや先生と滝田先生と小生三人で口之津教会の跡をたずねましたが、あれは大きな失敗でした。なるほど、あそこは一応、教会跡と指定されていましたが、それは歴史家の誤解だったわけです。なぜ、ここが教会跡だと指定されたかと申しますと、それは修道士アルメイダが教会は口之津の宇久木城の南側にあると書いていたからで、従って歴史家は日本人の感覚から城の南を探し、ここを教会跡と考えたのであります。しかし御存知のように西洋の城は日本のそれとちがい、町全体をふくむか、町全体を城壁内にもっているのでありますから、アルメイダが城の南側と申しますのは別の位置を指していたわけであります。

以上の点を勘考して、小生はコンスタンツオが基督像を贈ったという口之津教会は現在、玉園寺とよばれている寺の境内にあると考えました。その理由は次便にて書くつもりであります」

鬼頭の調査がこのように進むにつれて、私はむしろその調査がむなしい結末になることをひそかに望んでいた。コンスタンツオが作った基督像はその母親マリアの手から離れて永久に我々の夢のなかにだけ存在していたほうがいい。それが鬼頭のような俗物の手に渡り、たんなるその収集欲をみたすためだけに終らないでほしい。そして、あの聖母はいつまでもその片手で子供の面影を求めながら、哀しみに耐えていたほうがいい。

「玉園寺を小生が口之津教会跡と考えました最大の理由は、ここで七十人の信徒が殺害されているからであります。記録によりますと彼等は五人ずつ呼び出され、二人の警吏につかまえられたまま、十人の警吏に殴打され骨を折られ、腹に大きな石をくくられて逆さまに木から吊され、最後に手足の指を八回にわけて切られたそうであります。にもかかわらず彼等は死ぬまで転ぶとは申さなかった由です。小生はなぜ、玉園寺を切支丹処刑場所としたかということに疑問を抱いたのは、ここが教会だったからとまず推定したのでありますす」

鬼頭のこの推定は当っていた。後に志田博士のような優れた切支丹学者も玉園寺を口之津教会の跡と考えたからである。私は月に一度は送られてくる彼の手紙を読むたびに、そこから異常な熱気の漂うのを感じ、ひょっとすると、この男はあの基督像を見つけるのではないかと思いはじめたのである。

「しかし、君、そう言うが、まだ外人の手に渡らないだけ、ましだよ」

滝田は私の鬼頭にたいする感情を笑った。

「矢崎先生がいつも、こぼしていられたがね。切支丹遺物の中には戦後、米国人の金持の手に渡ったものもかなりあるからね。島原の乱のあった原城の跡から発見された金のカリスだって米国人の金持に買われ、向うに持ち去られてしまったそうだ」

「すると、鬼頭のような男があのピエタ像を持ったとしても、それがまだ日本に残っているだけいいと言うわけか」

その日、私にはどうしても滝田に話さねばならぬ用事があった。しかしその用事を研究室で彼といざ向きあってみると、どうしてもすぐ切り出せぬのだった。

三日前、私は突然、仕事場のホテルに滝田の別れた妻、加代子から電話を受けた。もしお差支えなければ、自分の兄と一時間ほど会ってもらえないかと言うのだった。私はなにか気が進まなかったが、一寸考えた後、いいでしょうと答えた。

約束した築地の料亭に行くと、いつか新幹線で会った中年の紳士と加代子とが正座して待っていた。

「初めてお目にかかります。御忙しいところをお時間をわざわざさいて頂いて」

彼女の兄は名刺を机の上におき、ふかぶかと頭をさげた。名刺には私もよく知っている有名証券会社の名が書かれ、業務部長という肩がきが刷りこまれていた。

「ご想像もついていらっしゃると思いますが」

女中が料理を運んで部屋を出ていくと、加代子の兄は言った。

「この妹のことを、あなたのお口から滝田君に話して頂けませんでしょうか。今更、私としても滝田君にこのような頼みをする筋合ではないと百も承知してますし、私自身、同じことを何度も申しに参ったのですが、なかなか許してもらえず……」

彼が恐縮しながら話している間、加代子は両手を膝の上に重ねたまま、うつむいていた。

「どうしても妻として復縁が許されぬなら、せめて千鶴子の母親としては認めてやってほしい。これが兄としてのこの私のせつない願いなのでして……」

私は盃をもったまま黙って、この兄の言うことをきいていた。その語るところによれば、この人は父親の死後加代子の親代りとして長い間、妹の面倒をみてきたと言うのである。

「加代子も、自分の非はどんなことをしても詫びたいと考えておりますし……それに娘の千鶴子に会いたい、会いたいといつも口ぐせのように申しておりますものですから」

私はその時、膝の上に重ねた加代子の白い手が、少しずつ濡れていくのを見た。泪が一滴一滴、その上にこぼれ落ちているのである。

「わかりました」私はうなずいた。「滝田が果してイエスと言うか、どうか、それは自信ありませんが……」

その約束は、今、雨がしずかに降る午後、書棚にさえぎられて暗い研究室に滝田と向きあいながら、私の心に重くのしかかっていた。

「そうか」

こちらの話をきき終った彼は窓のほうに苦しげな顔を向けて長い間、だまっていた。それから、

「君にまで、そんな巻添えをくわせてすまなかった」

「それはいいが……しかし母としての加代さんの気持を考えて、君もそろそろ許してやるわけにはいかないのか」

彼はしずかに首をふった。平生が温和な滝田だけにそのかすかな動作だけで、もうどうしようもないことが私には、はっきりとわかった。

「しかし、チイちゃんは加代さんに会いたがっているだろう」

「あれには、母親は遠い国に旅行に行っていると言ってある。それに、もし自分の母親がどういう事情で自分を棄てたかを知ったら、あいつはひどい打撃をうけるだろう」

「だがねえ、そういうことも一人の人間の哀しさとして許す年齢がチイちゃんにもいつか来ると思うのだが……」

「その時はその時だ。今は、ぼくにはまだ、加代子をチイ子に会わせる気持はない」

学生時代から外面はやさしそうに見えたこの男の内側に、こんな強情なものがかくされているとは私は知らなかった。いや、そうではなかろう。おそらく、独逸から帰国したあと妻の裏切りによって受けた傷で、その性格を変えるほど滝田は打撃を受けたからだろう。

私はなぜとはなしに、あの新幹線で加代子と会ったあと窓から見た浜名湖の風景を思いだしていた。空が翳り、湖に波がたっている。釣人の小舟が不安そうにゆれている。

Ⅵ

結末というのは皮肉なものだ。鬼頭のあれほどの調査研究にもかかわらず、コンスタンツオの基督像は、この郷土史家からは発見されなかった。だが、像は消滅したのではなかった。それは皮肉にも、高槻のある寺から古物商の手によって見つけられたのである。

どうして、仏教の寺に、基督の像が長い間しまわれていたのかわからない。ただその寺の住職より三代前までが佐賀県の寺に住んでいたことから考えると、あるいは切支丹を棄てて仏教徒に立ちもどったその先祖が、ひそかにかくしていたのかもしれぬ。像にはやはりコンスタンツオという文字が刻みこまれていて、既に帰国していた矢崎教授が鑑定の結果、鬼頭のもっている聖母マリア像に組み合わされるものとわかったのである。

鬼頭は、口惜しげな手紙を私にまた寄越した。

「小生の考えでは、この像は聖母像のほうに重点がかかり、基督像はいわば飾りにすぎぬと思われます。従って小生の所有せるもののほうが……」

例によって細かな字でぎっしりと書きこんだ便箋を見て、私は苦笑した。私としては正直な話、あの哀しみの聖母がただ永遠に愛するものを求めて片手を差しのべ、大きな哀しみに耐えているままであってほしかったのだ。だが今はそれが鬼頭の独占物にならなかったことだけでも良しとせねばなるまい。

私はその基督像を矢崎教授によって見せてもらった。それは十字架からおろされたばかりのまだ苦しみの影を顔にも、痩せた肉体にも残している基督だった。そして頭は力なく、横にたれ――それを支える一つの手――あの母親マリアの哀しみの手を待っているかにみえた。

私は、この像がたどった運命を思った。それは宣教師コンスタンツオが口之津教会に贈った後、どのような苦しい旅をしたのであろう。迫害、拷問、処刑、血、そうした運命を背負わされた信徒たちの手から手へと、ひそかにかくされ、受けつがれ、口之津から長崎へ、長崎から平戸へ、平戸から佐賀――そして高槻へと運ばれたのかもしれぬ。それを初め持っていた宣教師も、それをあずかった信徒も次から次へと殺されてゆき、そして表向き棄教した転び者が埃まみれの納屋にかくしたのであろう。

だが、今でさえ、この像はまだ戻るべき所に戻っていないのだ。その母の手にこの苦しみの顔は支えられねばならないのに、一つは東京に一つは長崎に遠く引き離されているのである。

読者のなかには憶えていられるかもしれぬ。昨年、Y新聞社の主催で都内の某デパートで切支丹遺物展が開かれた時、矢崎教授からその話をきいた新聞社の企画部は、二つの像を元通りにして陳列したいと考えた。鬼頭は自分の所有が明示されるという条件でその申込みを承知した。

晩春の、葉桜にまだわずか花の残っている季節に、その遺物展は始まった。そして私は矢崎教授や滝田と共に、それが開かれる前日、鬼頭が聖母像のほうをかかえて会場にあらわれるのを待っていた。

夕暮ちかくなって、やっと鬼頭は新聞社の企画部の人に伴われて姿をみせた。

「やあ、やあ」

彼はすっかり得意になって、周りのものに自分がこれを見つけた経過やその後の調査の苦心をしゃべりまくっていた。

「いや。私の方が主でして、基督像のほうは、いわば副ですたい」

企画部の人はあらかじめ硝子ケースの中においた基督像の頭を、鬼頭の持参した哀しみの聖母の手の上にそっとおいた。私はその一瞬を一種、感慨無量の思いで眺めていた。殉教者コンスタンツオが心に抱いたピエタの像が今やっと完成したのだ。そして母と子とは四百年の離別の後、この瞬間、出会うことができたのだ。私はそっと滝田に視線をうつし、今この友人が心のなかで何を考えているだろうと思った。

遺物展がひらかれて三日後、私がまた会場を訪れた時、かなり混んでいた。日本人にはなじめぬ切支丹展だから、入りはどうだろうと心配していた係員も、私に笑顔で近づいてきた。

その時、私はその人ごみのなかに加代子の姿を見つけたのだった。彼女はピエタの像の前に立って、白い手を胸にあてながら、じっと硝子ケースを凝視していた。そのうしろ姿はまるで、彼女が直視している像と同じように、何かに耐えているように私には思われた……。

ナザレの海

地味な話をしようと思う。一人の男の自殺した話だ。

今まで書かなかったこの話を急に記憶のなかから思いだしたのは、この間、矢代という
ある貿易商社の若い社員の家に晩飯によばれたからである。

矢代青年は去年までイスラエルにいて、私がヨーロッパ旅行の帰りにテルアビブに寄っ
た時、随分、世話になった人だった。おかげで私は久しぶりに日本食もたべられたし、エ
ルサレムの町も砂漠もヨルダン河も見られた。彼が自分の自動車を運転して、あちこち連
れていってくれたからである。

「結婚して帰国しました。女房はイスラエルの女です。両親と日本とを見せるために休暇
をもらって帰国したのですが、半月後にまた仕事の山積しているテルアビブに戻ります。
是非、遊びに来て下さい。久しぶりでイスラエルの料理を女房に作らせますから」

矢代が友人から借りた部屋は青山から渋谷にむかう一角にあったが、それは二間つづきの洒落たものだった。

玄関のベルを押すとスポーツ・シャツの矢代とそのうしろから栗色の髪の若い女性が出てきた。それが彼の新妻で、彼女は日本流におじぎをして笑った。

「ヤエルです」

と彼は私に妻を紹介した。

キュウリ漬けや魚にオリーブ、それに肉を入れたパンなど、久しぶりに食べるイスラエルの食事だった。まだ日本語のできぬヤエルのために私は精を出して英語を使い、話がむつかしくなると彼が通訳をしてくれた。

「ケン」

と妻は彼をよび、彼は私の前でも恥ずかしがらずに彼女の手をとって、

「ヤエル」

と答えた。

ヤエルの作ったイスラエル料理を食べながら我々はホテルもない死海のほとりの砂漠で日が暮れて困ったことや、キブツで過越祭を祝う宴会によばれた思い出などをしゃべりあったが、その間、私は夫の膝に靠《もた》れるようにして甘えている彼女を見ては、

（日本の若者たちも変ったもんだ）

と心中、考えていた。私のような戦中派にはとてもこんな夫婦の恰好を客の前に見せられない。たとえ女房と二人きりでも照れくさくてやれたものではない。それを臆面もなく堂々とやってのける彼らの世代は日本人離れがしてきたというのか、それとも我々がもう古すぎるのか……どうもわからない。

「倖せそうだね」

私は幾分、皮肉をこめて言ったが矢代はそれに気づかず、

「ええ。結構、たのしんでいます」

と悪びれずにうなずいた。

「しかし、何だね、君たちの世代はこうして国際結婚など平気でやれるんだな。立派というか、勇気があるというか」

「別にそんなこと意識しませんよ。だって同じ人間じゃないですか」

ヤエルが夫の膝をゆさぶって何を言ったのかとたずねると彼はすぐヘブライ語で通訳してきかせた。彼女は笑いながら何かをしゃべった。

「彼女も同じ意見ですよ」

「しかし、風習や生活がちがうじゃないか」

「そんなこと。たとえば彼女は日本にきて二週間ですがツケモノでもテンプラでも悦んで食べますよ」

「いや、ぼくはそんなことを言っているんじゃない」

折角、仲のよいこの矢代とヤエルの間に水をさすつもりではなかったが、私は思わず首をふった。

私の頭にその時、甦ったのは一年ほど前にリスボンの町で死んだ日本の一人の老人のことだった。私が聞いた話ではその老人は雨の日に酔っぱらって濡れた舗道を歩いていたところを自動車にはね飛ばされたというのだが、私には今もって彼が事故死だとは思えないのである。


リスボンの町に行ったのはもう、四、五年前のことである。当時、私は十六世紀の切支丹たちを主人公とした小説を二年かかって執筆したあとだったので、波濤万里、文字通り苦難の旅をつづけて日本《ジャパング》に渡来した南蛮宣教師たちの故国を一目、見ておきたいと、巴里《パリ》から三日ほどリスボンに滞在することにしたのである。

私のスケジュールを作ってくれた旅行会社の手紙によると、リスボンの飛行場に横山という日本人が来てくれる筈《はず》になっていた。

横山という人が何をやっている人かも、その年齢も私にはわからなかった。私は彼をおそらく留学生だろうと想像していたが、いずれにしろ、その人は一日、日本の金額で四千円ほどの値段で私の通訳と案内とを引受けてくれることになっていたのだ。

巴里の飛行場からポルトガル航空の飛行機に乗ったのは夕焼けのうつくしい夕暮だったが、スペインの上空にさしかかる頃はその茜色の空はいつか真暗になっていた。一人旅の楽しさと心細さとを感じながら、私は機内で出された食事を食べた。

リスボンの飛行場は小さかった。その小さな飛行場をおりて、聞きなれぬポルトガル語をしゃべる乗客たちのうしろから税関を出た時、私は声をかけられた。ふりむくと老《ふ》けた男が私の顔をじっと見つめていた。

「私が横山です」

と彼は頭をさげた。それから手を出して、

「その鞄を持ちましょう」

と言ってくれた。

自分より年齢の二十歳近くも違うような老日本人に鞄を持ってもらうことは私にはできなかった。彼は諦めて、タクシーを呼びに行った。

正直いって私は旅行会社に不満だった。よりによってこんな老人を通訳にされてはこちらが迷惑だと思った。アルバイトの学生なら気がねなく用事もたのめ、話もできる。がしかしはるかに年上の人にはいくら礼金を払うとはいえ、気持の上で遠慮がある。

「いや、何でも言うてください」

古いタクシーのなかで、私の気分を察したのか、横山氏は助手席からこちらをふりむきながら、

「本来ならば、もっと若い人がよかったのかしれませんが、ポルトガルに勉強に来とる日本人は少ないでしてね。私、三十年もポルトガルに住んでおりますし、今まで色々な日本の旅行者の通訳もしましたよ」

鞄を膝の上においた私はその律義な相手のものの言い方に礼を言うより仕方がなかった。

「三十年も……この国におられるのですか」

「はア。昔は巴里におりましたが、こちらの女と結婚して……まあ、ずっと住みついております が……」

その言い方には何か挑むような調子と恥じるような調子が同時にあった。面倒なことの嫌な私は彼のプライベイトな生活についてはそれ以上、訊ねまいと思った。

「で、どうされます、今日は。疲れておられますか」

飛行場からリスボンの街まではかなり薄暗く、もう郊外でもないのにと思うのに灯のわ

びしい、長い塀の両側につづく路をいつまでも車は走っている。灯に照らされた樹木の青さだけがみずみずしかった。

「ホテルにつかれてから、今夜は休まれますか。それとも外出されますか」

「どちらでも結構です。横山さんさえよければ……」

「私はかまいませんよ、かまいません。飲むのは大好きでございまして……」

馬鹿丁寧な言い方をして彼は助手席から卑屈な笑顔をこちらに向けた。

「リスボンの酒はまあ、日本人むきというか、魚のうまい街でして」

街に入ると広い樹木の多い路がしばらく続いた。街の外観は巴里に似ているが、しかしあけた窓から土の匂いと木の匂いとが漂ってくるような気がした。私は日本の奈良の匂いをふと思い起した。

やがて車をその広い路のある地点にとめると彼はタクシーに待っているように言いつけた。それから私の鞄を持ってホテルとわびしいネオンの出ている建物の玄関に入っていった。彼の年に似あわぬ元気な足どりを眺めながら私はここはホテルと言うよりは旅籠《はたご》屋だな、と思った。フロントの男もボーイの少年もみすぼらしいなりをしていて、英語も仏蘭西《フランス》語もほとんどできないようである。彼は私の名を何度も間ちがって、古いペンで宿泊用紙に書くので、私は何だか心細くなった。

帳場に荷物をあずけると横山氏は私をふたたびタクシーに乗せ、運転手に行先を言った。正直な話、迷惑を感じていた。リスボンまで飛行機にゆられてきた私をホテルまで連れていって手さえ洗わせず、シャワーさえ浴びさせてくれずに外につれ出す横山氏の無神経さに少し腹がたってきた。

「スペインに行かれたですか」

「いや」

「マドリッドには日本の縁日みたいな屋台が出とりましてね、雀や海老を鉄板でやいて一杯飲ませるですが、ああいうのはリスボンにありませんね。ああいうのがあると日本人の方も悦ばれるのですが……」

「酒がお好きなようですね」

「ええ。毎晩、飲んどります」

ネオンがついていると言っても銀座や新宿とは比べものにならぬほど暗い繁華街で車をとめると彼はすぐ裏通りに入った。そしておそらく労働者たちが仕事の帰りに立ち寄るような小さなレストランの扉を押した。

ボーイというよりは手術着を着た看護人のように図体の大きな男が小海老をもった皿と葡萄酒の瓶とを投げだすようにテーブルにおいて私のわからぬ言葉で何かを言った。

「金を払うてやって下さい」

と横山氏は私に命じた。

「ええと、そのお札と小銭とです」

彼は私が飛行場でとりかえてきたポルトガルの金のなかから一枚と小銭をだしてボーイに渡した。

うでた海老はうまく、葡萄酒も悪くはなかった。

つかれた体に酔いが心地よくまわるのを感じながら私はたずねた。

「三十年前にヨーロッパに来られたんですか」

「ええ。巴里に。EやIと一緒に日本郵船に乗って来ました」

彼はEとIという有名な日本の洋画家の名をあげると、

「Eと一緒にアトリエを借りて絵を勉強しとったんです。これでも画家になろうと当時、考えておったもんだからね。しかし日本じゃ、Eのようにハッタリのつよい、目先のきくのが絵かきとして成功しますな。私のように後手、後手とまわるのは駄目です」

私は海老の皮をむきながら、Eのように成功しなかったこの横山氏の愚痴をしばらく聞かされていた。自分にはEのように画商にうまく取り入る才能がなかったから画家になれなかったのだと、彼はクドクドとしゃべりつづけた。

私は横山氏に憐憫と軽蔑心とを同時に感じながら、明治以来ヨーロッパに来た日本人のなかには彼と同じように敗れた画家や音楽家志望者が多くいただろう、と思った。自分の努力や才能の欠如を忘れて、成功者への嫉妬で、誤魔化している人の姿を見るのは辛かった。

「私はこちらの女と結婚しちゃいましたからね。それに日本に戻ってセザンヌやゴッホを真似たような絵を売る気にはなれんでしたよ」

「そうですか」

海老を入れた皿が空になり、酒瓶もほとんど残り少なくなると、横山氏は年に似あわず厚い手を日本式に叩いて、ボーイを呼んで新しい葡萄酒を持ってこさせた。

「金を払うてやって下さい。ここは現金引きかえでね。日本のようにサービスしよらん。この瓶をあけたら、もう少し、ましな店に行きましょう」

ボーイがふたたび投げだすようにおいた酒瓶を自分のコップに傾けながら、

「しかし、日本も戦後、変ったそうですなあ」

と彼はしんみりと呟いた。赤黒くなったその顔をふせて弱々しく彼がそう言った時、全身からこの老人の心にある寂しさがあふれた。

「一度も帰国されていないんですか」

「ええ。兄が死んだ時、よほど、墓まいりに帰ろうかと思うたですが……ついオックウになって。この頃は大使館で新聞を読んでも、時々、わからん日本語が出てきます。東京なんか、どこの街かと思いますよ」

「変りましたよ」

「浅草や、上野も変りましたか。浅草に吉野といううまい牛肉屋と花隅という寿司屋があって若い頃、吉原の戻りに寄ったもんだが、その店、残っていませんかねえ」

私は首をふって、そんな店の名は聞いたことがないと答えた。横山氏は眼をつぶってじっと黙っていた。

「別の店に行きましょうか」

本当をいえば早くホテルに戻って風呂に入りたかったのだが、私はこの年寄りに憐れみを感じはじめていた。もう一軒、寄って別れようと思った。

もう一軒の店もはじめの店と大差なかった。そしてそこでも横山氏は、

「金を払うて下さい」

と私に言った。

とは言え、翌日、ホテルまで迎えにきてくれた横山氏は流石《さすが》にいい案内人だった。今ま

で何人も日本の旅行者を扱ったと言うだけあって、彼は私の見たいものを聞くと、一日のスケジュールを即座に要領よく作ってくれた。

私がまず見たいのはあの切支丹時代に宣教師たちがそこから東洋にむけて出発したリスボンの古い港のあとだった。ほとんど訪れる人のないその港は入江にそそぐ河に、僅かの石段だけを残して、今は見る影もなかったが、私は長い間そこにたって、陽に光る河と入江とを眺めていた。ここから日本にむけて出発した宣教師たちは嵐や飢えや病にくるしみながら二年から三年かかって日本にたどりつき、そのなかには日本人の迫害や拷問に死んでいったもののもあった。

逆に日本からその頃、このポルトガルに来た、何人かの日本人もいた。

「横山さん」

陽に光る河のそばで私は横山氏に言った。

「最初にこの国に来た日本人が誰か御存知ですか」

「いいえ。知りませんな」

「それはベルナデッタという洗礼名をもった男でした。本当の名もわかりません。何歳でここに来たのかも資料がないんです。わかっているのは彼が宣教師フランシスコ・ザベリオの手でこのポルトガルに留学したということだけで……」

「それは、初耳でしたなあ。で、その男はどうなりました」

「ここで病死したんです」

「病死した？　寂しかったでしょうな」

横山氏はそう呟くと、河面を凝視してうつむいた。その時、私は横山氏が自分とそのベルナデッタという三世紀前の日本人とを重ねあわせて考えているのだな、と感じた。故国を離れてこのポルトガルで孤独なままに死んでいった日本人ベルナデッタの寂しさを横山氏は一番よくわかるのかも知れぬと思った。

「その男については、それだけしか記録はないですか」

顔をあげて横山氏は私にたずねた。

「それだけです。ただ彼がナザレという漁村によく行ったということをこちら側から日本に来た宣教師が一行だけ書いていているぐらいです」

「ナザレに」

「ええ。そういう漁村がありますか」

「ありますとも。リスボンから車で二時間ぐらいですがね。今頃は寂しいとこですな。夏になれば海水浴や避暑客でにぎわいますが……」

それからしばらくして彼は急に言った。

「どうです。そのナザレに明日行きませんか」

横山氏がベルナデッタに興味を持ちはじめたことはその言葉や眼の動きからもわかった。

「いいですよ」

「私は……その日本人が人ごとのように思えなくてね。何だか身につまされますな」

横山氏は照れくさげに笑った。

その夜も彼と飲み歩いた。というより彼のはしご酒をつきあわさせられたと言ったほうがいい。

「私はね……人生に失敗した男ですよ」
二、三軒目の店で酔った彼は急にそんなことを言った。
「この国の女と結婚して娘もできましたが、女房も娘も今は私を馬鹿にしよりましてね。家に戻っても何かつまらんのです。だから毎晩、できるだけ、こうして飲み歩きます」

「日本に一度、戻られたら、どうでしょう」

「いやいや。もう、それはできん。若い頃とはもう違います。日本に戻っても浦島太郎みたいなもんです。やはり日本人は日本の女と結婚して、日本に住むもんだと、この年齢になってやっとわかりましたがね」

「そんなもんでしょうか」

「そうですとも。私だけじゃない。ボルドーには、やはり毛唐の女と結婚してそのまま仏蘭西に住みついているKという男がいますが、こいつはもと日本銀行の社員だったのですが今は憐れなもんですよ。私と同じです。根のない人間の寂しさ、……あんたにはわからんだろうが」

彼は葡萄酒の入ったコップを手にもったまま、虚空の一点をじっと見つめて呟いた。

「ベルナデッタか……ひとつ、歌でも歌いましょうか。時々、日本にいた頃を思いだして歌うんです。私は東京の下町で生れたので」

なにを歌うのかと思っていると、彼が小声で歌いはじめたのは、かごめかごめ、だった。

かごめ　かごめ
籠のなかの　鳥は
いついつ　出やる

私は黙って耳を傾けていた。ひくい声で私のためというよりは自分のために歌っているこの年寄りの横顔を見つめながら……。

翌日の午後、横山氏がタクシーで私を迎えにきた。約束通り、ナザレに行くためである。リスボンの街をすぎると、すぐに路はオリーブの林と、岩だらけの山をぬって走りはじめた。

よく晴れた日で、空には綿毛のような雲が一つ、二つ浮いているだけだった。路の両側には日本にはない傘松という松の木が、まるで蝙蝠傘《こうもり》を逆さにしたような恰好でどこまでも続き、その背後にはオリーブの木が体をくねらせて山の斜面に段々畠のように植えられている。

時折、羊の群れがその岩山を歩いているのがまるで牛乳を流したように見える。ロバにのった百姓が縁のながい帽子をかぶって、こちらにゆっくりとやってくる。

そういう風景がいつまでも続いた後、やがて海と白い家の塊とが眼下に見えた。それがナザレだった。

夕暮の陽をあびたナザレの海は悲しいほどうつくしかった。海の色はある部分はみどり色で他の部分は碧かった。そして赤みをおびた砂浜がその前に拡がり、ナザレの白い家が砂浜のこちら側に集まっていた。

綱をはりめぐらした舟と舟との間には黒衣をきた女たちが大きな籠のなかに魚や貝を入れて腰かけていた。パイプをくわえ、毛糸の帽子をかぶったたくましい漁師が道ばたのキャフェに腰かけてトランプを遊んでいた。

「日本人ベルナデッタが来た時もナザレはこんな風だったでしょうね」

と私が言うと、

「こんな漁村は昔も今も変っちゃおりません」

と横山氏は答えた。

私たちは海の匂いのする路を歩き、白い家々をそっと覗き、そして一軒の飲屋で酒を飲んだ。海から吹く風が、日よけの幕をパタパタと音をたてて鳴らした。

「そのベルナデッタという男がここの海を見て、何を思うたか、あんた、わかりますか」

昨夜と同じように酒に酔った顔をこちらにむけて横山氏は呟いた。

「さア」

「この海のずっと向うに……自分の国があると思うたんですよ」

「どうして、それがわかります」

「私が海をみるたびに何時《いつ》もそう思うたからですよ。三十年の間、地中海でも大西洋でもいい、海をみるたび、私はこのずっと向うに日本があるといつも思うてきました。ベルナデッタが同じことを考えたろうと、私はそんな気がするんです」

「もう一生、帰国する気はありませんか」

「駄目でしょうなア」

彼はこちらをむいて寂しく笑った。

我々のすぐ隣の席に老人の夫婦が二羽の小鳥のように肩をならべて腰かけていた。アブサンの瓶とコップを二つ、卓子においで彼等《かれら》はさっきから一言も言わずに、もの悲しいほど美しい夕暮の海を眺めていた。

「外国人の老夫婦はなかなかいいですね。巴里やロンドンの公園のベンチにもこんな老夫婦をよく見ましたが……」

横山氏は私の言葉にうなずいて、

「それは二人が同じ国の人間だからですよ。私のような男は女房とこんなことをしたことは一度もない」

「できますよ。横山さんだって。少しあなたはペシミストすぎる」

彼は黙って返事をしなかった。

入江から漁船が列をつくって戻ってくる。海に夕陽があたり、その光は岬の崖を赤くそめている。老夫婦はじっとその風景を眺めていた。人生の秋という言葉が急に私の頭にうかんだ。

その夜、リスボンに戻った時は、なぜかこの古い田舎くさい都会もモダンな街にみえた。横山氏はまた酒をさそったが、翌日の昼の飛行機で出発する私はさすがに断った。

翌日の昼に彼が迎えにきてくれて、飛行場までついてきてくれた。

はじめは腹のたった相手だったが、僅か三日のリスボン滞在の間に私は彼にある友情を持ちはじめていた。

「もう二度と会えんでしょうが」

と彼は言った。

「そんなことはわかりません。もう一度、どこかでお目にかかれるかもしれませんよ」

「いや、これで充分です。私は人生で一度お目にかかっただけで別れることに馴れておりますから」

飛行機の手続きをすべてすませたあと、まだ時間があるので喫茶室で珈琲を飲んでいた。新聞を買って読んでいた横山氏が急に小さな声をあげた。

「どうしました」

「聞きなさい。この記事を。ナザレで老夫婦自殺」

彼はそれから一語一語、その小さなニュースを訳してくれた。

「あの夫婦のような気がしますがね。私らの横に腰かけていた……」

「あの二人ですか。まさか」

「いや、あの夫婦です」

横山氏はなぜか、強情にナザレの海で自殺した老夫婦はあの二人だと決めてゆずらなかった。

アナウンスが出発を告げ、私はこの年寄りの手を握った。ゲートに向いながらふりかえると横山氏は見送り人の入れぬ柵のところでじっと私を見てくれていた。


矢代に礼を言って私はヤエルと握手をしながら、あの時、横山氏の握った手の感触をふと思いだした。厚い、そして湿った手だった。

私が彼の死を聞いたのはずっとあとである。最近ポルトガルに旅行した人と雑談をしていた時、私が横山という老人に会わなかったかと聞くと、その人は、

「死なれたそうですよ。酔ってリスボンの裏通りを歩いている時、雨でスリップした車にはねられて」

と教えられたのだ。その瞬間、私は自殺という言葉をその死に結びつけてしまった。理由は自分でもわからない。

「帰国する前にまた、来て下さい」

と矢代は妻とエレベーターまでついてきてくれて、白い歯をみせて言った。

「また、どうぞ」

とおかしな発音でヤエルも言ってくれた。

（あれは、自殺だ）

と私はエレベーターの中で一人になった時、もう一度、そう思った。

砂の上の太陽

第一章　広場

「息をとめて《ゴンフレ》。息を吐いて《デゴンフレ》。吐くんだ」

警察医は聴診器を使わずに、汗にぬれた千葉の背中に耳をあてていた。

鎧戸はしめてあったが、アフリカの陽の光は部屋のなかまで侵入し、床の上に肋骨のような影をつくった。

「レントゲンを持ってきたかね」

灰色の影のなかでこの中年の医師はくたびれた人形のようにみえた。眼窩《がんか》のおちくぼんだ眼で、千葉の顔をぼんやりとながめた。

天井からぶらさがった蠅取紙に、生き残った二、三匹の蠅が痙攣している。金属板をすりあわせるような、かすれた、鋭い、その羽音はチブジのまひるを、恐しいほど静まりかえらせた。

「左の空洞が、まだ潰れてないな」油のきれた椅子を軋《きし》ませながら、医師はレントゲンを投げだし、机の上のウィスキー・ソーダのコップをとった。「空洞が残っている以上、ピバまで行くのは、あまり奨めないね。アフリカの直射日光は病巣を刺激するからな。まあ、あんたの自由さ。再発するのが怖しくなければ行くし、イヤなら船に帰るさ」

「さっきもお話したように菌だけは、もう、培養でも出ていないんです。それにピバには、約束した友人が、私を待っていますし……旅行認定のサインだけは一応、頂きたいんですが」

「そりゃ、あげるさ。こちらはサインだけすれば、それでいいんだから」警察医は、汚れた手巾で首すじをぬぐい、酒を一口、飲んだ。「だが、あんたの体は、あんたの責任だぜ。ただでさえ、アフリカは人間を衰弱させていく土地だからな。ここの疲労は一時にはやってこやしない。そいつは、チブジの砂のように、目だたずに、溜っていくんだ。みろ、この砂を……」

彼は窓まで歩き、鎧戸をいまいましげに押しあけた。突然、眼の昏むような日光が、窓に面した砂漠のような広場をうかびあがらせた。一時間前千葉が褐色の海に船を乗り捨て、あつい、ながい一本路をあるいてはいったこの広場には一人の動く人影さえ、みえなかった。町は何世紀前に、疫病で、うち捨てられた廃墟のように、ひそまりかえっていた。砂と駱駝《らくだ》の糞とに黄ばんだ地面に、バラックの建物の翳《かげ》が、ハッキリと落ちているだけである。ヤセた棕櫚《しゅろ》の樹の下で黒人たちが死んだように倒れ伏している。彼等《かれら》は黄昏まで、そうやって眠るのだ。数軒の家畜小屋に似た建物のなかに酒場と映画館とがあったが、いずれも戸を固く、とじている。映画館の板壁には、もう題字さえよめない、ふるい昔の西部劇の広告が、ボロボロにちぎれ、漂白して残っていた……

「チブジは陽が落ちるまで、人も物も死ぬ所だ」酒と大蒜との臭いの入りまじった臭いを千葉にふきかけながら医師は疲れた声で呟いた。「実際人間が住むのにいい所じゃないや」

「P・A・S剤がきれているのですが、少し頂けるでしょうか」

「P・A・Sを飲んだところで、どうにもならんよ。まあ、気やすめに、あげるがね」

警察医が部屋を出ていくとふたたび部屋のなかの暑さと静かさがもりかえしてきた。蠅取紙の蠅が、最後の余力をしぼって、呻きはじめる。

(B29の音はこの蠅の呻きによく似ていたな)

ひくい、嗄れたその羽音は暑熱ににぶった千葉の頭から、また、あの日の思い出をひきずりだした。だが、その夕暮のこと、静寂だった夕暮のこともう彼は、雨に降りこめられた風景を前にして、陽が照っていたら、それは、どんなだろうかと思い描く位にしか考えなかった。
（あれは十年前の冬の黄昏だった。Ｂ29が数機、ひえきった、にび色の東京の空にしがみついて離れない日だった。ときどき、思いだしたように高射砲の音が、遠くで、ずっと遠くで響くことがある。にも拘らず、その夕暮は他のいかなる夕暮よりも、ひそまりかえっていた）

静かだった。その時、千葉は千駄ヶ谷の家で女を抱いていた。

鎌倉から、女はその午後、彼に会うためだけにやって来た。千葉は女を既に捨てようと思っていたのだが、黄昏になり、警報が鳴り、電車が動かなくなった。暗紫色の夕翳のなかで、女の顔だけが、蠟細工のように、ほの白く、浮んでいる。すると、いつか、その黄昏にも亦《また》、千葉は女を無言で犯してしまった。いつものように腕のなかで、女は、くるしげに顔をそむけて、されるがままにしていた。その間、Ｂ29は遠くで、このチブジの蠅のような、にぶい、ものうげな音をたてていた。

敵機が投弾しはじめた時、千葉と女とは、かすかに痙攣した。冬の黒い海に足をひたして、その冷たさをはかるように、千葉はカタカタとふるえる窓硝子の爆風音をききながら自分の情欲の暗さ、その湿りけを想った。どこに爆弾が落ちたのか、亦、それが、この近くなのか、彼は考えたくなかった。そんなことは、もう遠いむかしから、どうでもよかった。今、だれかが、死んだのかもしれぬ。

突然、その時、千葉は胸にえぐるような恐怖を感じた。それはだれかが傷つき、死んでいる今、おのれは情慾の惰性で女を犯しているという良心の苛責でも後悔でもなかった。それは恐怖や良心の苛責を、いつか感じなくなった自分と、それを亦、ぼんやりと他人事のように眺めている別の自分とを包む、この恐しい静かさのためだった……


……………………………


「一万フランだけですかね、たった」

「あたり前だよ。クロスヴスキイ君。ピバの役場からは、昨日、チャンと電話があったんだ。農場焼打ちに加わった黒人たちの大半はもうすっかり怯えて、村に帰っているそうだ。でなければ、彼等の妻子たちは今日でも飢え死にしちゃうからな。山に逃げこんでいるのは主謀者株の奴等《やつら》三人、それだけだ。いまさら、君にたのまなくたって奴等、袋の鼠なんだから」

「ほう。じゃ、なぜ、あんたら、出かけないんです。この仕事を僕にたのむのは」ポーランド人は奇妙なつくり声をだして笑った。笑いながら彼は素早く垢の溜った指をのばして卓上の葉巻をかすめとった。「警察の手でネグロを捕縛したくない。あんたらは、ピバやあのあたりのネグロの恨みをかいたくないからね。あんたらは煽動者たちを処理したのは仏蘭西《フランス》警察や仏蘭西人ではなくて、よその国の白人だと弁解する。こんな分のわるい仕事に一万フランは虫がよすぎますよ」

「莫迦な……ネグロにとっては、黒人か、白人かのどちらかがあるだけじゃないか」

しかし急所を衝かれた中尉は顔をしかめて相手の指先をながめた。(全く、全く不潔な奴、土民の豚小屋に寝た方が、こいつと話すよりマシだと署長もいっていたが……)

胃弱の彼はひる飯の時たべた、犢《こうし》の肉が胸の奥からこみあげてくるのを感じた。

「黒人か白人かの問題じゃ、ありませんよ。今度の農場焼うちは小さいながらソマリイ植民地に起ったはじめての反仏事件ですからな。モタモタすれば、これが、きっかけとなってオボックやムグールやタジュールで、大がかりなテロや、サボタージュに飛火する。それを一番、こわがっているのは、あんたらですぜ」

クロスヴスキイは葉巻の葉をペッと床に吐きちらした。ポーランド人の言葉は脅迫でも誇張でもなかった。チューニジイやマロックのはげしい反仏運動や独立運動にもかかわらず、ここ、仏蘭西ソマリイ領の土民たちは今日まで、ほとんど、温和《おとな》しかった。今度、ピバで起った農場焼うち事件も、たんに、賃金と待遇とに不満をもった小作人たちが衝動的におこしただけで、決して政治的なものと関係はない。けれども、この事件のニュースが、エチオピアやエリテレの伊太利《イタリア》領に拡がれば煽動者や、コミュニストたちがオボックやタジュールの街で問題を手のつけられぬように拡げる懼《おそ》れが充分にあるのだ。

できるだけ、早く、しかも事件を政治的にまで発展させないために、チブジの警察署では、手をださないことにきめた。責任を植民地の土民と、仏蘭西人との対立にもちこまぬためには、クロスヴスキイのような他国者《よそもの》を利用する必要があった。そして、狡猾なポーランド人は、もちろん、それを心得、報酬の値をあげようとしていた。

彼のブヨブヨした肉体には水泡のように汗玉がういている。三十歳そこそこだが、頭には黄ばんだ銀髪がうすく残っているだけである。バセドウ氏病のように飛びで、血のまじった眼球は、話すたびに、素早く、厚い近視眼のうしろで動きまわった。

(なぜ、この男をみるたびに、俺は自分の弱い胃の腑のことを思いだすのだろうな)中尉は憂うつげに指を噛んだ。それはこのポーランドの青年がながい間、ナチの収容所に投げこまれている内、全く年齢を喪った顔だちになったためかも知れなかった。「ナチの看護婦たちは、俺たちポーランドの子供を」とある日、家守《やもり》のように手を拡げ、口に唾をためながら、話したことを中尉は思いだした。「体が折りまげねばはいらぬような木箱に入れて楽しんだのですぜ」

それから亦、彼は真白な膨れあがった肉体を持っていた。その肉の白さは、ほとんど青味さえおびていて、なにか、嘔気のするような、みだらさと鈍い光沢とがしみこんでいた。

(俺があのブヨブヨした、こいつの肉を指で押したらなあ)中尉はぼんやり考えた。(俺の指痕はいつまでも、あそこに残っているだろうな。いつまでも、いつまでも、いつまでも……)

「とにかく、一万フランは非道《ひど》いやね」とポーランド人は突然話をむしかえした。

「俺に言ったたって、仕方ないサ。署長は君がイヤなら話はきれと言っている。なにも君にたのまなくったって……」

「そうでしょうな」葉巻をゆっくりと、ふかしながらクロスヴスキイは眼と唇とに甘ったるい嗤《わら》いをうかべて中尉をみつめた。「そうでしょうよ。ユニホームを着なくても、チブジの刑事たちの顔は奴等の手先にすっかり覚えられていなければね。黒人《ネーグル》たちは、秘密を探ったり、連絡したりすることにかけては、どんな白人のスパイよりも才能に恵まれてますからな」

「しかし白人にだって、君のように他人の秘密を探ったり、あばいたりするのを何よりも楽しみにしている男もいるからね」

「御冗談を!」大きな嗤い声をたててクロスヴスキイは体を折りまげた。「その男を利用して甘いシルを吸っているのは、中尉さん、あんた等《ら》チブジの警察じゃないですか」

中尉には、烈しく咳きこみはじめたこの男が泣いているのか笑っているのかさえ、わからなかった。

ドアが開き、黒人の警官が、白い歯をむきだして覗いた。

「シナ人、旅行証明《ヴィザ》のこと、来ています」

「警察医の許可はもらったのかね」

「そう言いました」

それからカーキ色の半ズボンとYシャツをきた彼は勢よく、足をあわせて敬礼すると、上司に書類を渡した。

「シナ人じゃない。日本人だ」パスポートをめくりながら中尉は呟いた。「チバ。チバ。日本人の名はソマリイ人の名に似ているな。クロスヴスキイ君、君と今夜、一人の日本人が同じバスでピバまで行くかもしれないよ。もっとも、もし君が今度の仕事を引きうけるならばだが」

「へえ、日本人がね。何のためですか」

「ピバでオボックのカトリックの宣教師に会うためと書いてある。神父《キュレ》の手紙もそえてあるところを見ると、ウソではあるまい」

中尉はペンを取りあげ、無造作に署名をして、黒人の警官に渡した。

「ピバに行くバスは、広場から六時に出るといってやれ。スジイ」

その間、千葉は警察署のペンキの剝げた入口にもたれて広場をながめていた。さきほどと同じように小屋と小屋との翳の下で土人たちはうつ伏せに倒れたまま眠りこけている。砂をかぶった棕櫚の樹の真上で、暗紫色の輪《アロ》にふちどられた太陽が、鉛色の雲の中でうごかなかった。（チブジは陽が沈むまで、人も物も死ぬ所だ）警察署の入口に指名手配の布告が一人の黒人の写真と一緒にはりつけてある。チューニジイのハシェッド書記長殺害事件以来、この種の布告や写真は北アフリカの至る所の駅にも、酒場にも町辻の壁にも見うけられた。指名された犯人たちは、みな、おなじような顔を持っている。阿仏利加《アフリカ》人特有の小さな頭と太い拡がった鼻とにはさまれた、あのかなしげな獣のような眼……

（しかし、俺にはなんのかかわりが……）

突然、真赤な布で顔を包んだ黒人の女が、跫音《あしおと》をしのばせて広場をよこぎった。血のようなその布の色彩は強烈な陽の光に反射して女がたち去ったあとにも、いつまでもそこに残っていた……

第二章　黄昏

黄昏、やっと海から風が吹いてきた。ながい冬眠から生きかえった獣のように、広場の土人たちも手足をうごかしはじめる。

広場でただ一軒の酒場《ビストロ》で千葉はアルジェリア産の酸い葡萄酒をのみながらバスを待って

いた。白い布を腰にまいた黒人の老爺は瓶とコップとを砂だらけの卓におくと部屋の隅にはいり、また、眠りこけた。油虫がたえまなく壁から這いでて、床の上を走りまわった。

棕櫚の樹皮をあんだ暖簾のあいだから腹部が異様にふくれた土人の子供たちが、千葉の一挙一動をうかがっていた。

（これがアフリカか）酒で次第に痺れていく頭のなかに、千葉は獣の大きな腹部にも似た灰色のアフリカの形を描いた。この土地を旅しようなどと一度も考えたことはなかった千葉にはアフリカは、巴里《パリ》やリヨンの大通りにある旅行案内所のポスター、真青な空とみどりの椰子との色彩写真の下に「貴方の夏休は北アフリカに《ボ・バカンス・プール・ラフリイク》」と書いたエア・フランスの広告以上をでなかった。実際、欧州大陸にいると、つかれ果てた文明のなかに、もはや、みつけることのできない原始的な生のよろこびが、こげた砂や白い町のある土地になまのまま残っていると思われてくるのだ。ひとびとは各自のさまざまな夢を、地中海一つ隔てたこの大陸にむすんでいる。たとえば千葉が今からピバの部落で会う手はずになっているジャン・ロビンヌがそうだった。

ロビンヌがリヨン・カトリックの大学を卒《お》えて、オボックの教会に助祭として布教することにきまったとき、千葉にこう言った。「僕には、あのアフリカを思うとき、まだ基督《キリスト》がこない前の旧約の世界を思いだしてしまう。わかるかね。君、おそらく君の国、ニホンよりも、もっと本質的に恩寵の光が訪れていない暗黒の世界だぜ」そして彼は千葉の手を握った。「帰国する時、君の船がチブジに寄ったらオボックまでは一日で来れるんだぜ」

けれども千葉はマルセイユから船にのる時、この古い友人に自分が病気であること、オボックまではとても、この体では無理だろうと書き送った。

本当は、それは体のためではなかった。千葉は三年にわたる欧州の旅と疲労と病気とが決して肉体のためからだけでないことを知っていた。いまさら、あの男に会ってふたたび、自分をイラだたせ、疲れさせる必要がどこにあろう。三年前、クロード・ベルナール街の文科大学の教室やオウギュスト・コントの石像の下で、ド・フーコ師のアフリカ布教やサハラ砂漠のやきつくような砂の上で祈ったプシカリのことを眼をかがやかせながら話すこの男を千葉はいつもある苦痛——ほとんど体の痛みにちかい苦痛を感じながら眺めていた。未来、行動、布教、使命、その悉《ことごと》くを信じ、たちあがり、歩き、劇を創っていくこの男に彼は、時としてはげしい嫉妬の感情さえ抱いた。

(あいつは、まるで熾天使《してんし》みたいだった)

葡萄酒はもう、ほとんど瓶にはなかった。千葉のつぶった眼の奥でロビンヌの笑った時の真白な歯や、すこし金色のうぶ毛のはえた、丸い口もとや、それから自分の信仰についで語る際に、イキイキと光りはじめる鳶色の、純潔な眼が、ふたたび蘇った。その影像はなぜか、透明な体のなかに、赤い炎の燃えている熾天使の姿にむすびついた。

（熾天使が真赤な炎をもっているならナ）千葉はぼんやりと鞄のなかにはいっている自分の胸部写真《レントゲン》のことを思いうかべた。巴里で発病してから、いつも持ち歩いたこのセルロイドの上には半分に切り開いた黒い柘榴のような両肺影像に、卵型の白点が二つしみこんでいた。それはあまりに非情に、あまり正確に彼の死を映しだしていた。

（熾天使が真赤な炎をもっているならば、俺のシミは、この黝《くろ》い空洞だろ）

だが、今は、もうどうでもよかった。今の千葉には熾天使の透明さも、その炎も面倒くさく、いとわしかった。そうしたものを持ちたいと思い、彼は留学したのだが、なにもかも無駄だったのだ。うごくこと、たち上ること、情熱をもやすこと、劇を創ること、それらすべてを押しころす、なにか鈍い、厚い膜が鉛のように体を縛っていた。これを無感動といえばそうもよべるし、疲労と名づけるならそうもいえそうであった。自分がかかった肉体の病が、衰弱《コンサンプシヨン》という別名をもっているのを当然だと思うようにもなった。けれどもその衰弱は、既にあの空襲の夕暮からあるいはそのずっと前からはじまったのに違いなかった。

（俺はあの夕暮、だれかが死んでいく時、女を無感動に犯した。真実、俺にはそれがナゼ、罪なのか感じられない。俺には罪の意識がない。その時、怖しかったのは、あの静かさだ

ったのだ。女を犯している俺を、冷たい眼で凝視《みつ》めている俺の静かさなのだ)

遠くで汽笛がきこえる。あれはアジス・アベバに向う汽車である。広場の向う側で、眠りから覚めた土人たちが火をたきだした。夕飯のなにかを焼くのであろうか。その炎でヤセた細ながい彼等の影が、映画館の壁に虫のように動きまわっていた。ふと、かすかな物音が、酒場のカウンターの背後できこえた。黒色の糸のような腕が、すこしずつ這いあがり、カウンターにおいてある酒の瓶のほうに伸びていった。千葉はその手の指先が、音もなく瓶を這いまわるのを、ぼんやりとながめていた。彼は何か言おうとしたが、唇は疲れのため開かなかった。腕はひきこまれ、一人の土人の子供が、なにげない顔をして外に出ていった。

定刻から一時間も遅れてバスは広場にはいってきた。チブジから出るバスはすべて夕暮でないと動かぬ。よごれた木の台が両側についているだけで、通路にはタジュラやオッボリに運ぶ郵便やセメントの袋が散乱していた。カスケットをかぶった黒人の運転手に千葉は仏蘭西語でいろいろたずねたが、こわそうに顔をみつめるだけで返事をしない。

黒人の子供たちがしきりと車の窓を叩いて千葉になにかをせがんだ。

「煙草《シガレット》、煙草《シガレット》、ムッシュウ」運転手が濁音のまじった、かたことの仏蘭西語で得意げに言った。千葉が窓から酒場でかった黒煙草《ゴロワーズ》をなげると、彼等は地面に這うようにして、散乱した獲物を奪い合った。

バスは彼等をそこに残して走りはじめた。広場を出、棕櫚の樹が両側にならんだ大きな路をでると、土人たちのキャルチエにはいる。土と藁とで作った廏舎のような小屋の前では、いずれも先ほどと同じように焚火がたかれ、黒人たちがしゃがんでいる。食事のためなのか、それとも回教の儀式か、千葉にはわからなかった。

その時、黄昏は、しだいに、けだるいアフリカの白夜に溶けこんでいた。午後からの暑さ、その疲れが一時にでたためか、微熱にほてった千葉の眼には、路も小屋も丈たかい羽毛の総《ふさ》のような葉をつけたバナナの樹もただ、うるんだ翳となり乳色の靄のなかに沈んでいるようにみえた。

「セ・バ・ラ」

突然、運転手はそうと叫ぶと、急激にバスをとめた。路のまんなかに、一人の白人がたっていたからである。

クロスヴスキイは、バスに乗ると、よろめきながら千葉にちかづき隣に腰かけた。

「君かい。ピバに行く日本人は。オボックの神父と落ち合うそうだが、本当に、それだけかね」

「警察の方ですか」

クロスヴスキイがさしだしたポケット・ラムを手で断りながら千葉はパス・ポートをだそうとした。

「警察の方じゃないさ」ポーランド人の眼は酒のため、腐った魚の眼のように赤く、ぬれていた。「第一、俺は仏蘭西人じゃない。ポーランド人だからな。しかし、チブジの警察から、色々、仕事をたのまれているのさ」

内ぶところから、彼は赤い下品なエジプト皮の身分証明書をだして千葉の膝の上に投げた。

「これさ」

黄ばみ、色のあせた紙の上に白痴《こけ》のように一点を凝視している顔がうつされていた。それは今、酒に酔い、トロンとした眼をしているこの男とちがい、なにか暗い陰惨な翳をその頰や、眉のあたりにもっていた。

「じゃ、なぜ、私のことを調べられるのですか。医師の証明も、チブジ警祭の許可もうけているんですが」

伊太利を旅行した時、やはり今と同じように警察関係と自称する男から脅迫をうけた千葉は、人を小莫迦にしたような甘ったるい微笑をうかべたこの男を信用しなかった。まして植民地では、こうした証明書はいくらでも偽造できるのである。

「なんのため？　まず、ここで、俺はニホン人を見たことがない。チブジから、ピバまでニホン人がわざわざ旅行する目的があると思えるかね。それに、ピバでは一週間ほど前、ネグロたちが暴動を起したばかりなんだぜ。暴徒たちはまだ、全部、摑まっているわけではない。あんたはそれを知らんでも、あんたの友人の司祭が、丁度、その時期にピバに来るのは、不思議といえば、不思議じゃないか」

「ロビンヌ神父がピバに来たのは、私の船が、チブジに昨日、着いたからですよ」しかし、千葉は一寸興味をおこして誘いの水をいれた。「ロビンヌは第一、カトリックの司祭ですよ」

「そうさ。しかし、カトリックの司祭が必ず、信用できると、あんた思うかね。モロックやチューニジイでは教会で平然と反植民政策の説教をやらかす神父がいるからな。勿論教会の人気とりさ」

この男は案外、うそをいっているのではないと千葉は思った。ロビンヌはリヨン・カトリック大学の頃、エスプリ誌を愛読する基督教左派の学生だったのだから。

「で、その暴動とは大がかりなものだったのですか」

「冗談じゃない、ピバにある仏蘭西人の農場が焼うちされただけだよ。ネグロの小作人たちがたまりかねてやった衝動的なものさ。実際、ネグロだって一日フランス・フランで百フランそこその日給じゃ、食っていけねえからな」

「一日、百フランといえば、月三千フランにすぎないじゃないですか」

実際、千葉もこの賃金には、びっくりした。かつて彼はリヨンにいた時、ある新聞で、リヨンやマルセイユや巴里に出稼ぎにくる北仏黒人たちの収入をよんだことがある。戦争後、毎年、約六万人ほどのアルジェリア人と、七万人ほどのモロッコ人が、家郷を捨てて仏蘭西本国にながれこんでくる。植民地での生活はあまりにも、くるしいからである。けれども、本国でも彼等の大半はほとんど、職をみつけることは困難である。よし、みつけえたとしても、彼等は一九四六年の八月に定められた法律によって、仏蘭西の労働者がうける様々の特権をうけることはできないのであった。おなじ条件、おなじ時間働いたとしても、相互の賃金の差には五千フラン――一万フランの差があった。

「ソマリイ領は労働賃金じゃ、チューニジイやモロッコ以下だよ」とクロスヴスキイは、大きなあくびをした。「今、あの方面じゃ、共産主義者たちが日給一四〇フランから一六〇フランの黒人農夫たちを煽動しているがね。もし奴等が、こちらに来れば、どうなるかわかったもんじゃない。白人たちの観念からいえば、ここの土民たちが今日まで、温和しかったのが、全く、ふしぎなくらいだぜ」

突然バスがとまった。運転手は車をおり、地べたに土下座すると、なにかをつまむように丸めた指さきで、自分の額を、幾度も幾度もたたいた。夕暮どきの回教徒の儀式である。太陽は赤い硝子球のように、うるみながら、灰色がかったハコ柳や、大きな垂直の白楊の森のむこうに沈もうとしていた。

(この男は本当になにを考えているのだろう)千葉は唇をかみながら、しかし、その考えとは別のことを口にだした。

「なぜ、ここの黒人たちは、そんなに温和しいのですかね」

「なぜ？　あんたは黒人たちを知らんね。ネグロにとっては黒いということは恥しさ、屈辱以上のものなんだぜ。奴等はひそかに、自分の肌を罪人の色と考えてやがる。白人のすること、なすことはみな善い。だが、奴等はなにをしたって仕方のないヤクザものだと信じているからさ」クロスヴスキイは突然、ひきつったように笑いだした。「俺がネグロ等《ら》のその気持をすぐ見抜けたのは、俺が餓鬼のときハウフマンの収容所にいたからさ。カチカチのパン一片さえなくて――それに塩っ気は一切、食わされずに、ただ、今日、生きることで精一杯だった思い出があるからさ。あの状態が二世紀も続いてみな。恨んだり、反抗したりする気力なんざあ、なくなるさ。自分が、白痴か呪われた人間だと信じきってしまうさ」

たかい、奇妙な声をだしてポーランド人はまた、嗤った。寒けのするような不快感にかられ、千葉は相手を横眼でみた。クロスヴスキイは、口だけを大きくあけ、しかしバセドウ氏病のように飛び出た眼で、窓のむこうの一点を凝視していた。

第三章　部落

ながい間、彼はねむっていた。夢のなかにさきほどのチブジの酒場があらわれた。カウンターの上の彼の鞄を、一本の手が探りながら求めていった。彼は、それがクロスヴスキイの腕だと知っていた。クロスヴスキイのさがしているのが、ジャン・ロビンヌの手紙だということも知っていた。起きあがり、歩こうとしたが、ふかい眠気と疲労とで痺れた体は椅子に縛りつけられたように動かすことができなかった。（起きなくてはならない）と千葉はむなしく、もがいていた。（ほれ、みろ、お前は黄色人だからな）耳もとでクロスヴスキイの声が、ひくく聞えた。（黄色いということも、それだけで罪なんだからな。お前は起きれない。歩けない、反抗できないさ……）

夜のアフリカの大地は急激に冷えてきた。寒さが千葉の目をさまさせた。クロスヴスキイもまた、床に脚を拡げ、両腕をたれ窓に頭をもたらせ、磔《はりつけ》られた死骸のように眠りこけていた。千葉はその腐魚の眼のようなまぶたの皮が赤みを帯びたまま膨れあがっているのを眺めた。眠っているこのポーランド人の顔は苦痛に泣いているようだった。

樹木や叢の臭いではない、あのアフリカの部落に特有な、木のこげたような臭気が闇のなかを風におくられて窓から漂ってきた。「どこかね」「ピバ」運転手は答えた。だが部落には、ほとんど灯らしい灯もみえなかった。バスのヘッド・ライトが凸凹した泥路をしめさなかったら、そして闇のなかで犬たちの吠えまわる声がきこえなかったら、千葉はどこが部落かさえ、わからなかったろう。

広場は荒野のように静まりかえっている。だから、バスがとまった時、ヘルメットをかぶり、白い半ズボンをはいたジャン・ロビンヌが孤りぽっちでたっているのを見て、千葉は、ふかい溜息をついた。


「足もとに気をつけ給えな。階段が腐りかけているから」

神父はヴェランダに懐中電灯で木の壁とヴェランダとをしめした。みた所、伝道所は、寝室と客間――もし、そうなづけることができるなら――その二間だけしかないようであった。けれども、それは、このピバの部落で、役場と、焼うちにされた仏蘭西人の地主の家とともに、トタンの屋根をもった三軒の家だった。土人たちの茅屋は水平にならべた竹で粘土の壁を支えた廄小屋にすぎない。

ロビンヌは千葉をヴェランダから寝室に通した。土を高くもり上げ、固めて、その上にマットをおいたものが二つ、それが椅子をかねたベッドである。ランプをともした木の机の上にはミサ典書と、青い表紙のノートとがおいてあった。

「さあ」と神父は笑顔をつくりながら言った。「ミサ用の葡萄酒を飲むかい」

彼は部屋の隅にいき、田舎医者のもつような黒い鞄のなかからパンとナイフと瓶とをとりだした。

「いいやね、コップが一つしかないが」

「君はうまく、いっているのかね」千葉は旧友の顔をみつめながら真面目にたずねた。

「うまく？　なにが？　気力か。健康か。勿論どちらも、うまく、やっているよ」

しかし、それはウソだと千葉は考えた。二年前、あのリヨン大学で、真白な歯と薔薇色の頬とをもった、あの顔をこの青年のなかにみつけることはできなかった。日に焼け、肉のおちた頬がそれをしめしていた。そして眼の下に疲労の黒い隈どりがうかんでいた。

「靴を脱ぐのは、よし給え」突然、コップをおいて、ロビンヌは、かがみこんで、むれた足を冷やそうとした千葉に叫んだ。「ここはリヨンじゃない。ピパでは黒人でないかぎり、地面に素足をつけるのは危険だぜ。趾指の皮膚まで食いこむ蚤がいるからね」

「ピパにたびたび君、来るのか」

「一ヵ月に二回くれば、よい方だ。ソマリイ領には、聖職者の数は少いんだ。一人の神父が、いくつもの部落を歩きまわらねばならん」

「信者はどの位、いるんだい。ピバには」

ロビンヌはかなしげな眼をして千葉の顔をみた。

「本当のところ、まだ、だれもいないんだ。黒人たちは司祭から、病気の治療をうける時だけ、渋々とここにやって来るんでね。村は梅毒と皮膚病だらけだ。しかし、神の話となると不気味なほど黙りこくってしまう。むかしからの魔術や呪文がまだ、ソマリイ領の黒人を支配しているのさ。ただ、僕がここに来るようになってから、一人だけ仕事を助けてくれる助手ができた。白人との混血児だがね。洗濯や、走り使いにやとった土人の娘なんだ。これが僕の今のところの希望なのだ」

床の上を油虫がパン屑をもとめて走り廻っていた。その乾いた音が、ピバの夜の濃さ、しずかさを、さらに千葉に感じさせた。

「ピバでは、農場の焼うちがあったそうだな」

「そうなんだ」神父は急にだまりこみ、コップの中の葡萄酒をジッと眺めた。

「ここの農場では黒人たちは一日、ソマリイ領のフランで百フランしかもらえない。のみならず、病気やなにかでやすめば、働いた日の日給までが一日について三十フランさし引かれるのだ。明日、君が部落をあるけば村の悲惨がどんなものだか、すぐわかるだろう。僕は、ここに来るたびに農場の経営者にたびたび待遇の改善を要求したが、どうしても駄目なんだ。彼等は土民たちは生来のなまけ者で、罰をあたえねば、働かないと言いはるのだからね」

「それじゃ、焼うちなどすれば、食えなくなるのは黒人たちの方じゃないか」

「そうさ。だが、彼等はそんな組織だったサボタージュを考える余裕がなかったんだ。原因は、仏蘭西人の方が、先月、労働時間をまして、約束の追加賃金の支払を遅らせたためなんだ。勿論、黒人をながいこと使っている白人なら、こんなヘマをやりはしない。今度の経営者は、昨年ここに来たばかりの新米だったからね。全然、黒人の心理を知っちゃいないんだ。だが、困ったことには、今となると部落民たちは、焼うちして、かくれた三人の仲間を恨みだしている。とんだ災難を引きおこしてくれたと考えているんだ。彼等は白人に反抗すれば、食えなくなることを、この一週間で身にしみて知らされたしね」

(クロスヴスキイのいう通りだ)と千葉は思った。黒人たちは、なにをなそうが、災と罪としか、作っていかないのだ。

「で、そいつ等《ら》はどこにかくれているんだい」

その時、偶然、千葉の視線と司祭のそれとが出あった。ロビンヌは鳶色の眼を恥しげに伏せ、横をむいた。

「逃げた三人の黒人のうち、一人はブリマの、さっき、話した手伝い娘のことだが、彼女の兄貴なんだよ」

(なにもかもうまくいかぬものだな)と千葉は考えた。そうして彼はマットの上に仰むけに倒れた。

「すまないが、寝さしてもらうよ。ジャン」

「いいさ。君の体のことに気がつかなくて悪かったな。携帯蚊帳、もってくるから」

しばらくすると、神父は蚊帳をはりめぐらし、跪いて十字をきった。洋灯を消し、二人は、同じマットの上で、黙って横になっていた。ピバの夜——日本人の彼にはアフリカの夜が、このように深く、このように静寂だとはしらなかった。パン屑を求めて、かけまわる油虫の音のほか、かすかな葉ずれも、一羽の鳥の羽ばたきも、聞えぬ。これが人間が住んでいる部落なのか。このアフリカの冷えきった大地の静寂は、まだ、生きるものが、うまれなかった静寂なのだ。ロビンヌはそれを旧約の世界、恩寵の光のさしこまぬ世界だといった。しかし、日本人の俺にはそのような考えはわからない。俺に理解できるのはこの死の静かさにも似た沈黙が、十年前の空襲の日の黄昏、人々が一人、一人死んでいく時、女を犯していた俺の無感動さと、そっくりだということだ。ロビンヌは、この夜の沈黙を破るためにアフリカにやってきた。だが……

「だが、君は」そう言いながら千葉は寝がえりをうった。

「本当にうまくいっているのかい」

ロビンヌは返事をしなかった。デリカシイにかけたこの質問に反抗するように神父は眼をとじて眠ったふりをしていた。


翌朝、千葉はミサをすませたロビンヌに連れられて部落をみた。

土民の家は、円型で、先の尖った藁屋根が、半ば上から白く塗った斑色の土壁におおいかぶさっている。民家と民家との間の暗い路地に、杭につながれた牛や山羊や、それから、きまって腹だけ異常に膨れた全裸の子供が、陰険な眼つきで、神父と千葉を窺《うかが》っていた。

部落の背後は、埃のたまった羽毛の総《ふさ》のような葉をつけた丈たかいバナナの林があった。林の背後に焼うちされた農場が拡がっているのである。

太陽は昨日のチブジとおなじように、鉛色の空に、縁だけ青白く光りながら燃えつづけていた。彼等が、この部落で二番目にトタンの屋根をふいたという役場、兼、交易所によった時、そのヴェランダの前にヘルメットをかぶった二人の白人がたっていた。「あれが」ジャンは、千葉の腰をつついて言った。「農場の支配人と、保安官とだ」

「こんにちわ。ブレさん、エスマンさん」

神父は千葉の方をふりむいて言った。「これは、僕のニホンの友人です」

けれどもブレもエスマンも、ロビンヌがさしだした手を握ろうとはしなかった。ブレはヘルメットの庇をふかくおろし、うしろをむいて、ヴェランダの方に歩いていった。保安官だけが、不愉快な表情を露骨に顔にあらわしながら、千葉の頭から足さきまでをジロジロとみつめて言った。

「チブジでの旅行認定《ペルミシイオン》はもってきたのかね」

うたがわしげに千葉のパス・ポートを拡げながら、彼は今度は、あきらかに千葉にではなく、神父にきかすために呟いた。

「用のない者が、部落をウロウロしてもらっては困る。君一人でなく、その連れだけにも、いい加減、手こずっているのだから」

それから彼は農場支配人を追って、役場の濃い影の中に黙々とはいっていった。

広場は砂漠のようだった。ロビンヌはヘルメットをぬぎ、深い溜息をつき、そして手巾で汗をぬぐい、また、深い溜息をついた。

「チバ、彼等は、僕が、黒人たちを煽動したと考えているのだよ」

千葉はだまって眼の前の民家の戸口を眺めていた。窓をもった家は、部落のなかには、なぜか、ほとんど、なかった。ふしぎなことには、その入口さえも、固く、とざされ、内部に、ものの動く気配さえ聞えない。けれども、それらの小屋のひとつ、ひとつから、住民たちの視線が、陽にさらされたこの二人の一挙一動をひそかに窺っているようだった。

神父はその小屋の一つの戸を押した。湿った、動物的な臭気が、思わず嘔気を催させるほど強く、匂った。開け放した戸からなだれこんだ広場のめくるめく陽の光におどろいて小屋の地面にアンペラのようなものをひき、半裸のまま、寝ころんでいた老婆が起きあがった。

「ブリマは」ロビンヌは彼女の枕もとに、しゃがみ、大声で叫んだ。「ブリマ。ブリマ」

虚《うつ》ろな眼をあけ、老婆は神父と千葉とを凝視《みつ》めた。彼女は一言も相手の言葉が理解できぬらしかった。

小屋の泥壁には日本の鍬《くわ》に似た農具が二本、たてかけてあった。それよりも千葉の注意をひいたのは、宝のように部屋の隅に集めてある缶詰のアキ缶と、それから壁にかけてある木製の面であった。それは眼と鼻と口とだけを、ほとんど同じ輪郭でくり抜いた悪魔のような顔だったが、その抉った部分だけが底しれぬ空虚さをもち、面全体におそろしい無表情をあたえていた。瞬間的に千葉の頭には「死」という鮮やかな文字がうかんだ。なぜだかわからなかった。ただ、この面はたしかに死をあらわしていた。死人の顔ではなく死の顔だった。

「それは、この辺の土民たちの守護神だよ。部落のどんな家にも、そのマスクはある」千葉の背後にたってロビンヌが説明した。「黒人たちはマスクを、精霊や悪魔や死から身をまもる唯一つの手段だと考えている。彼等は僕たちのように、心とは全く裏腹の表情をすることができないだろう。だからマスクをかぶらねば自分の本心をかくせないのさ。ピバの黒人たちは、夜、森をあるく時、そいつをかぶるんだ。それは死者のマスクだがね。その時、彼等は自分が死者と同じようにもう絶対不動だと思いこむことができるわけさ」

「それじゃあ」千葉は異常な興奮にかられて叫んだ。「これは死人のマスクではなく、死そのもののマスクなんだな」

「そうだ。そう言えるだろう」

素早く、千葉はマスクを壁から、はぎとり、自分の顔にあててみた。しっかりと、それを顔に押しつけながら彼は眼をつむった。この死の闇のなかで、彼は、一つの葉ずれの音も、一羽の鳥の羽ばたきも聞えなかった昨夜の静寂を、そしてまた、あの空襲の日の黄昏のしずかさを思った。


子供たちが、いつの間にか戸口に集まっていた。彼等はなにごとかを叫び、腕をあげて騒いでいた。

「面をもとの所におき給え。彼等たち、さわられるのをイヤがるんだ」

その時、一人の背のたかいやせこけた老人が、子供たちをかき分けて小屋のなかにはいってきた。

「ソルチール、ムッシュウ、ル、キュレ。ソルチール」

かた言の仏蘭西語でわめきながら、彼は怒りの感情を露骨にあらわし、針金のように細い腕をのばして戸口を指さした。

「ブリマはいないかね。爺《とつ》さん」

「ノン、ソルチール、ムッシュウ、ソルチール」

二人が小屋をでると、子供たちは背後で罵声をあびせかけた。

「ブリマの父親だね」

「いや、部落の酋長だ。なぜ、黒人たちは、僕を急に憎みはじめたのだろう。昨日までは、こんなことはなかったのだが」

ロビンヌは、先ほどと同じように、深い溜息をついた。千葉にも、少しずつ、この友だちの立場がわかってきた。なぜかしらぬが、部落の白人も、黒人さえも、神父を疑いだしているのだが。

「君が憎まれる理由が、どこにあるんだ」

「エスマンやブレは、僕を今度の事件の煽動者と思っている。だが、部落民たちは――いや、だれかが僕のことを今度の災害をもたらした原因だと彼等に吹きこんだのだな。たとえば、白人の神をもってきた僕のため、村の精霊が怒ったのだといえば、土人たちの論理には一番ピタリとするんだ」

（クロスヴスキイ）という名が千葉の心にうかんだ。昨夜、ピバについたバス以来、千葉はあの男がどこに消えたのかしらない。彼がロビンヌと広場で手を握りあっている時、あのポーランド人は「さようなら」も言わず、広場をよこぎっていった。

「本当に君はこの事件と、ひとつも関係していないのだな」千葉は足をとめ神父の顔をみあげた。

くるしそうにロビンヌは唇を噛んだ。それから鳶色の眼でかなしげに相手をみつめた。

「もし僕が」彼はそこで息をついた。「もし僕が関係していたら、君はどうする」

「どうするって？」千葉も亦、あのクロスヴスキイとの会話以来、心のどこかに持っていた疑惑を今、はっきり感じながら眼を伏せた。

「君は僕を助けてくれるかね」

彼等はいつの間にか、農場に導く、バナナの林の径をあるいていた。それは径というより牛糞のような黒色をおびた地面に大きな車輪の痕がつくったものだった。

（どうして、なんのために）いや、その問は正確ではなかった。千葉には勿論、ロビンヌのなしていることがあのクロスヴスキイやブレやエスマンのやり方よりも正しいことを知っていた。

「君は農場の焼うちを煽動したんじゃないんだろう」

「勿論さ。ただ僕は何度も何度も、ブレやその前任者に、黒人にたいする待遇の改善を要求した。ピバに寄った時は、彼等に会って。オボックにいる時は手紙で。僕はエスプリ誌にそれを公表するとさえ言った位だ」

「それだけなのか」

「それから――」神父は、告悔の時、罪を告白するのを一瞬ためらう信者のように唾を飲んだ。「僕は、ブリマの兄貴やあとの二人をかくまっている。彼等のかくれ場所を知っているのは、ブリマと僕だけだ」

（遅かれ、早かれ、彼等は摑まるのに、なぜ、そんなことをするんだ）と千葉は言いかけた。ロビンヌはその心を見ぬいたように、一人で返事をした。

「摑まるだろう。どうせ一週間ぐらいで彼等は摑まるだろう。けれども、だれもが助けなかったより、一人の白人が助けたということだけで、彼等は、その後、生きる方向をかえるだろう。今度の事は黒人の心に強く根をおろした宿命観から、はじめて彼等が逃れようとした事件だからね。僕は司祭として、その芽を切りとりたくないんだ」

ロビンヌはいつもこうだ。彼は起きあがり、歩き、劇を創れる。けれども俺は——千葉は靴で、熱のため膨れた地面を押しつぶした。赤いコールタールをぬったように油ぎった無数の蟻が、崩れた土くれの間から四散した。あの黄昏、ひとびとが呻き、傷つき、死んでいった瞬間さえ、女を犯していた俺。俺にはあの時どうしても動けなかったのだ。動く意味、劇を創る意味が、頭では、わかっても、俺には実感できない。

「ジャン、俺は疲れているんだ。動くのがもう気乗りがしないんだ」

ロビンヌは、木蔦のからまったバナナの幹に靠《もた》れて眼をつぶった。彼は千葉を卑怯な怠惰な男だと軽蔑しているようだった。その気持を千葉は痛いほど感じながらうつむいていた。

解題

今井真理

「ぼくたちの洋行」（「小説新潮」一九六七年十月号　新潮社）
「あわれな留学生」（「オール讀物」一九五九年九月号　文藝春秋新社）
「ピエタの像」（「勝利」一九六七年七月創刊号　勝利出版）
「ナザレの海」（「小説新潮」一九七一年九月号　新潮社）
＊右の四作は、のちに『ぼくたちの洋行』（一九七五年五月　講談社、一九八〇年六月　講談社文庫）に収録。

「ぼくたちの洋行」はフランスへ留学のため向かう四等艙での物語である。仏蘭西外人部隊に属するアフリカの人や中国人の老若男女たちと過ごすエピソードは『フランスの大学生』『ルーアンの丘』にも記されている。

「あわれな留学生」もまた留学時代の物語である。ルーアンのロビンヌ家にホームステイした遠藤周作の体験に基づくものと考えられる。食事などなれない異国の習慣に戸惑う様子が描かれている。登場するロビンヌ夫人に関しては「R夫人」（「伊勢丹ホームレディ」一九六六年二月号　伊勢丹）、「ロビンヌ夫人――異国で知った第二の母」（「労働文化」一九六八年六月号　労働文化社）にも描かれている。そこには留学を終えた帰国後も、手紙などをとおしてロビンヌ家との交流があったことが綴られている。

「ピエタの像」は十字架から降ろされたイエスを抱くマリア像を軸に、基督像をひそかに持ち続けた信徒への視線も語られている。ここで描かれるマリア像は、のちに遠藤のテーマとなる「母なるもの」へつながると考えられる貴重な一篇である。

「ナザレの海」はイスラエルの女性と結婚した友人の矢代が帰国したところから物語が始まる。リスボンで死んだ一人の老人の死が、事故によるものではなく自殺ではなかったかと考える主人公の想いが語られた作品である。

四作はいずれも遠藤周作の留学時代の体験や、遠藤作品の「母なるもの」を想起させるなど、後の作品への萌芽を感じる初期作品である。

「英語速成教授」（「高校時代」一九五八年二月号　旺文社）

初出誌「高校時代」でのタイトルの見出しは「学生小説『英語速成教授』」となっている。また、特集は「英語上達の具体策」である。

「反英国民大会」の提灯行列が行われた戦時中の中学生（現在の高校生）たちが、なんとか英語をマスターして試験の合格を願うというユーモアとペーソスあふれる青春物語である。遠藤周作は同年一九五八年の「大学入試受験コース」（四月号～九月号　学習研究社）にも年の離れた兄が受験に挑む弟に向けた小説「薔薇色の門」を執筆しており、「英語速成教授」も自身の受験経験や学生時代の体験が織り込まれた作品であると考えられる。なお、ここに登場するフランス人の名前「ネラン」は遠藤周作にとって馴染み深い名前である。留学した青年遠藤を支え続けた神父の名前が「ジョルジュ・ネラン」であった。ネランは以後、遠藤周作を支え続けた神父の一人であり、『おバカさん』の主人公、ガストンのモデルとも言われている。

「エイティーン」（「それいゆ」一九五七年二月　No.43　ひまわり社）

本作品は「作・演出　遠藤周作」と明記されたフォト・ストーリーである。出演者は「デデ　岡田真澄（日活）、私　古畑輝子（新人会）、トモ子　野坂悠子、サチ子　石橋文子」他。「私」が十八才の時にクリスマスパーティで出会った青年、デデ。死にたいほど退屈だった「私」が、日本人の父と仏蘭西人の母を持つ美青年デデや若者たちとおりなす物語である。銀座や新橋のダンスホールを舞台に居場所のない青年と、少女でもなく女性としても生きていくことが難しい歳の「私」の苦い青春ストーリーとなっている。なお本作には美青年、岡田真澄の写真を中心に十六枚に及ぶ写真が掲載された。

「小鳥と犬と娘と」(「婦人公論」一九六五年七月号　中央公論社)

本作品は五枚の写真と共にフォト・ストーリーの形式で掲載されている。登場人物は悠子、その母、叔母、そして名もない中年男である。悠子役は岡本ちか子、動物演出は高橋英雄。遠藤文学に度々登場する「小鳥の眼」が描かれている。遠藤周作にとって鳥の眼や犬の眼はやがてイエスの視線へと結びついていく。「鳥たちの眼」(『愛のあけぼの』一九七六年六月　読売新聞社)に作家がなぜこれらの眼に魅かれるかが綴られている。

「除夜の鐘」(「読売新聞」一九六九年十二月三十一日　読売新聞社)

毎年ルポライターとして忙しく過ごしていた大晦日。しかし、この年は思わぬ時間ができた主人公の清岡が仲見世、観音通りで出会った娘と過ごすひと時のエピソード。

「砂の上の太陽」(「別冊　文藝春秋」一九五五年八月　第四十七号〈原題「地の塩」〉　文藝春秋新社)

＊のちに原題「地の塩」を「砂の上の太陽」に改題し、『月光のドミナ』(一九五八年三月　東京創元社)に収録。

一九七二年三月、新潮文庫『月光のドミナ』が刊行されたが、東京創元社の単行本『月光のドミナ』からは七作品のうち四作品のみが収録され、「砂の上の太陽」は収録されなかった。

その理由は明らかにされていない。おそらくこの作品にある黒人蔑視の言葉などが問題となったと思われるが、それも想像の域を出ない。なお新潮文庫の『月光のドミナ』には「葡萄」他七作品が新たに追加された。

「砂の上の太陽」は、原題「地の塩」として「別冊 文藝春秋」掲載時に「芥川賞受賞第一作」という見出しがついている。周知のとおり、遠藤周作は一九五五年七月、「白い人」により第三十三回芥川賞を受賞した。「白い人」掲載誌は同年の「近代文學」五、六月号である。一方「地の塩」は同年の八月に発表されている。「白い人」では西洋の唯一の神に対し日本における汎神論の問題、人種の問題、被虐、そして加虐の問題等が問われた。それらのテーマが本作品では「千葉」という日本人をとおして形を変え問われていく。「白い人」と同年に発表された作品としても注目したい。

さらに、初出誌ではタイトルが「地の塩」であったが、単行本収録に際して「砂の上の太陽」に変更されていること、本文については、特に結末の数行が書き換えられていることも注目される。「地の塩」は、新約聖書マタイによる福音書第五章から七章、「山上の垂訓」における「地の塩、世の光」から取られていることは十分考えられる。「地の塩」が新たに「砂の上の太陽」として、より一層日本人の罪意識の問題を印象づけたことなど、この作品は今後研究の余地があることを挙げておきたい。

解説——赤い太陽を求めて

今井真理

遠藤周作の戯曲「善人たち」が発見されたのは二〇二一年秋のことである。長崎市遠藤周作文学館に数名で資料調査に行った時、茶封筒に入った原稿に目が留まった。その原稿こそが「善人たち」であり、封筒の表には「未完」と書かれ、それは劇団民藝の渡辺浩子宛の戯曲であることがわかった。

なぜこの作品が長い間放置されたのか、なぜ民藝に届けられなかったのか、など様々な疑問がわいた。民藝に問い合わせたところ、何度か戯曲を送ってほしい旨作者に要望を出したが叶わなかったということであった。この作品が執筆されたのは、おそらく一九七〇年代後半であると推察できる。また、『遠藤周作全日記』を参照すると、次のような記述が見つかる。翌日の海外への渡航を控えた日、「クイーン・エリザベスにて仕事するための民藝の原稿、いくら探してもなしとのこと」(一九七九年三月五日)。当時作家は代表作の一つである『侍』の執筆中であったこともあり、この戯曲の存在が薄れた可能性も否定できない。「善人たち」は、二

○二三年夏、劇団民藝により初演をむかえた。

この戯曲には様々なテーマがあるが、そのなかでも注目されたのは、登場人物たちに潜む「善魔」についてである。「善魔」はいわゆる遠藤周作の造語の一つであり、この言葉を次のように規定する。「善魔」とは自分以外の人間の痛みに無神経な人たちであると。大義名分を掲げ、それに従わぬものを排除する。自分だけが正しいという優越感を持ち、エゴイズムには気がつかない、そんな人々をさす。

「自分以外の世界をみとめぬこと、自分の主義にあわぬ者を軽蔑し、裁くというのが現代の善魔たちなのだ。彼らはそのために、自分たちの目ざす「善」から少しずつはずれていく。自分自身でも意識しないうちに、彼らは他人から支持される善き人ではなく、他人を傷つけ、時には不幸にさえする善魔になっていくのである」(「善魔について」「朝日新聞」一九七四年十月二十一日)

遠藤周作は小説のなかでもたびたびこの善魔を描いてきた。たとえば『海と毒薬』、この作品はアメリカ兵の捕虜を生きたまま人体実験した事件を軸に描かれた小説だが、ここにヒルダという名の白人女性が登場する。この女性は橋本という医学部長の妻である。彼女は身寄りのない、施療患者の汚れものを集め、洗濯をして、患者に返すというボランティアを行っていた。患者たちはこの大柄な、あまり見たこともない白人女性が病室に入ってきただけで萎縮してしまう。ヒルダはこの患者たちの恥ずかしさや気づまりを全く意識できない。彼女のなかには

「善い事」をしている意識しかなく、病人の恥ずかしさや身の置き所がないさまには気づかない。「善人たち」のなかでは牧師であるロジャーが、かつて街で身を売ろうとした姉をその事情も考えず非難する姿が描かれている。「善人たち」にはそのほか多くの問題も提示されたが、なかでも「善魔」はこれ以降の遠藤文学につながる問題であった。同様に「善魔」について考えさせられた作品が、「砂の上の太陽」である。

この作品は一九五八年『月光のドミナ』(東京創元社)に収録された。「砂の上の太陽」は主人公千葉が、留学からの帰国途中、友人であるロビンヌ神父をジブチ(本文では「チブジ」と表記)に訪ねるところから始まる。千葉はその十年前に空襲の最中、人々が次々死んでいくまさにその時に、女を犯した。なぜそんなことをしたのか、自分でもわからないその感情に彼は長い間捉えられてきた。舞台となったアフリカの地では、黒人農民による暴動が起こり、領主の家が焼きうちにされた事件にゆれていた。ここにひそやかに「善魔」が登場する。焼きうちの犯人探しが始まるなか、ロビンヌ神父はこの暴動の首謀者をひそかに匿《かくま》っていた。そのことが事態を一層悪化させていた。いずれ捕まることのわかっている、焼きうちをした犯人たちを、なぜ神父は匿うのか、そう問いかける千葉に神父は言う。

「どうせ一週間ぐらいで彼等は摑まるだろう。けれども、だれもが助けなかったより、一人の白人が助けたということだけで、彼等は、その後、生きる方向をかえるだろう。(略)僕は司祭として、その芽を切りとりたくないんだ」

千葉にはロビンヌ神父の行為が自己満足に思えた。しかし、その時、神父の行為を認めない千葉もまた、身動きができない自分自身にこう呟いていた。

「ロビンヌはいつもこうだ。彼は起きあがり、歩き、劇を創れる。けれども俺は——（略）あの黄昏、ひとびとが呻き、傷つき、死んでいった瞬間さえ、女を犯していた俺。俺にはあの時どうしても動けなかったのだ。動く意味、劇を創る意味が、頭では、わかっても、俺には実感できない」

この作品には、この千葉をとおして、日本人の罪意識の不在についても問われている。誰が死んでもどうでもいい、そんな感情に恐怖すら抱いている千葉。

「突然、その時、千葉は胸にえぐるような恐怖を感じた。それはだれかが傷つき、死んでいる今、おのれは情慾の惰性で女を犯しているという良心の苛責でも後悔でもなかった。それは恐怖や良心の苛責を、いつか感じなくなった自分と、それを亦、ぼんやりと他人事のように眺めている別の自分とを包む、この恐しい静かさのためだった……」

人の死に全く無縁のように過ごせることの恐怖、隣で人が死んでも何も感じない、そんな自分がいるとしたらどれほど恐ろしいことだろうか。それは千葉という個人の問題ではなく、黄色い人、日本人の、罰は恐れるが罪を恐れない欠如した感性の問題ではないかと作者は問いかける。

また、本作品のなかで注目したい点がある。それは「色」についての箇所である。「色」というのは勿論人種を示しており、遠藤周作が留学を経てなお一層自分の問題として感じてきた点である。越えられない人種の壁、そして西洋の一神教、それに対する日本人が掲げる汎神論。つまり一昔前には「太陽」もまた神として崇められていたこの国で、果たしてキリスト教は根付くのか、そして信仰は必要なものなのかを作家は問い続けてきた。その作者はこの作品のなかで多くの色を使って様々なことを表現しているのではないか。たとえば、褐色の海、にび色の東京の空、暗紫色の夕翳などの他、ほの白く浮かぶ女の顔、冬の黒い海、真赤な布で顔を包んだ黒人の女、その血のような布の色彩は強烈な陽の光に反射し、そのほか、白い布を腰に巻いた黒人の老爺が目の前を通るなど、それらの「色」が読者の目に鮮やかに印象づけられる。そのなかで特に注目したい「色」が次の箇所にある。

「今は、もうどうでもよかった。今の千葉には熾天使の透明さも、その炎も面倒くさく、いとわしかった。そうしたものを持ちたいと思い、彼は留学したのだが、なにもかも無駄だったのだ。うごくこと、たち上ること、情熱をもやすこと、劇を創ること、それらすべてを押しころす、なにか鈍い、厚い膜が鉛のように体を縛っていた。(略)俺には罪の意識がない。その時、怖しかったのは、あの静かさだったのだ。女を犯している俺を、冷たい眼で凝視《みつ》めている俺の静かさなのだ」

「熾天使《してんし》」とは天使の位の一つであり、神への愛と情熱で赤く体が燃えている天使を指す。千葉はその「赤」、つまり燃えるものを持ちたいと願っていたが、何をやっても人種の壁は乗り越えられなかった。作者は赤く燃える白い人にたいして、黝い影をもち、心にも体にも情熱のない黄色い人という比較をすることで、より一層千葉の心の動きを表現した。

しかし、「赤」が意味するものは燃える赤だけではない。赤には悪魔や地獄の炎を表すこともある。聖書のなかでは裏切り者のユダの髪は赤いといわれ、赤は裏切りの色でもあった。また一方、キリストの復活における着衣は赤く「闇に打ち勝って昇りくる無敵な太陽」もまた赤く光っていたという伝説もある。千葉にとって砂の上の太陽が赤く輝くのか、それともひたすら白い光を放つのか、ここにこの作品の意義が問われている。

さらに、もう一点付け加えておきたいのが「劇」という言葉である。千葉は黄色い自分に一番欠落しているもの、それを「劇」と表現した。自分は黒い影を持つ黄色人種、黒でも白でもない、そんな人間だが、それに比べてロビンヌには「劇」があるという。先の引用箇所を思い出してみたい。善魔であるロビンヌにたいして彼はこう呟く。

「ロビンヌはいつもこうだ。彼は起きあがり、歩き、劇を創れる。けれども俺は――（略）あの黄昏、ひとびとが呻き、傷つき、死んでいった瞬間さえ、女を犯していた俺。俺にはあの時どうしても動けなかったのだ。動く意味、劇を創る意味が、頭では、わかっても、俺には実感できない」

遠藤周作が「劇」という言葉を使う時には一つの意味が隠されている。作家にとって「劇」とは「何らかの形で、人間と人間を越えた超絶的なものとの関係から生れねばならぬという考えが心の底にあった」と告白し、こう続けた。

「これは理屈とか知識のせいではなくて、おそらく少年時代から読まされた聖書のためであろう。その場合、超絶的なものとは特に露骨に神でなくてもよい。たとえば運命でもいい。人間のうちにあるどうにもならぬ情熱でもよい。しかしそういうものと人間との関係が劇なのだと長い間、信じこんできた。つまり聖書が私にとっては格好の劇作法の教科書だったわけである」(「小説作法と戯曲作法」「東京新聞」一九六六年三月十一、十二日)

ロビンヌを思う時、体の痛みにちかい苦痛を受けた千葉。劇を創っていける彼らに嫉妬さえ感じた彼の心には、一体何が存在しているのか。そこにはまだ「聖書」は存在しない。つまり、「人間と人間を超えた超絶的なものとの関係」は初期作品にはまだ見られない。しかし、そこにある、白い人と黄色い人、そして黒人など、遠藤文学が問う「色」の問題は、たんなる人種の問題だけではなく、果たして、日本人に宗教が根付くのか、宗教は必要とされるのか、という問題を内包している。これ以後の作品への道しるべともなりうる「砂の上の太陽」を取り上げる意味はここにもある。

そのほか本書には『ぼくたちの洋行』に既に収録されているが、初期の遠藤作品として「ぼくたちの洋行」「あわれな留学生」「ピエタの像」「ナザレの海」を収録した。いずれも遠藤周作の留学時代の問題、また『沈黙』へのアプローチが記され、重要な作品群である。なかでも

「ピエタの像」には「哀しみに全身を震わせながら一人の母がそこから消え去った息子の体を求めながらその手を差しのべている」という「ピエタの像」が印象深く描かれた。作中「ピエタの像」は無名の作家コンスタンツオの彫刻であり、この像は、基督像と対になった彫刻であったことが判明する。離ればなれになった二体の像、物語の終盤、「私」は遂に探し求めていたもう一体、基督像を見る。

「それは十字架からおろされたばかりのまだ苦しみの影を顔にも、痩せた肉体にも残している基督だった。そして頭は力なく、横にたれ――それを支える一つの手――あの母親マリアの哀しみの手を待っているかにみえた」

この描写には後に記された遠藤文学の核となる「母なるもの」の意味も示されており、物語をとおして語られる母と子の姿は後の遠藤作品を考える上で重要な一篇と言える。

さらに、「エイティーン」には「作・演出　遠藤周作」と記され、心のよりどころを失った若者たちが登場し、あたかも映画の脚本のような形式が取られていて興味深い一作となっている。

本書に収められた短篇の多くは遠藤周作の初期作品であり、そこにはみずみずしさと共に青年のもつその時代の悲しみや行き場のない怒りや、越えられない様々な壁が描かれている。そして、青年遠藤が取り組んだ、色、つまり人種問題や、留学時代に見せつけられた「悪」の問題、キリスト教がどのように日本に根付くのかなどが問われたといえる。そして、それらはのちの遠藤作品の種としてたしかに存在する。その後、遠藤周作は作家としての円熟期を迎え、代表作である『沈黙』や『死海のほとり』『侍』『スキャンダル』『深い河』へと歩を進め、遠藤文学は「母なる基督」をテーマに赦す神、同伴者イエスを獲得していく。それらのテーマは時代を超え、現代を生きる私たちに人間にとって本当に必要なものは何か、祈ること、愛すること、共に生きることの意味などを伝えていく。

今回の出版に際し、掲載にご協力いただいた遠藤家に感謝申し上げます。元「三田文學」編集長・加藤宗哉氏には様々な点をご教示いただきました。心より感謝申し上げます。杉本佳奈学芸員には資料調査、収集などご協力いただき、深く感謝申し上げます。また、長崎市遠藤周作文学館、町田市民文学館ことばらんどなど各文学館にもご協力いただき、御礼申し上げます。最後に、本書を企画、刊行いただいた河出書房新社編集部・太田美穂氏に御礼申し上げます。

◎表記について

一．本書に収録した各作品の初出、所収は、巻末「解題」に詳細を明記しました。

一．旧字で書かれたものは新字に、歴史的仮名遣いで書かれたものは現代仮名遣いに改めました。

一．誤字・脱字と認められるものは正しましたが、いちがいに誤用と認められない場合はそのままとしました。

一．読みやすさを優先し、読みにくい漢字に適宜振り仮名をつけました。

一．作品中、今日の人権意識に照らして不適切と思われる語句や表現がありますが、作品執筆時の時代背景や作品の文学性、また著者が故人であることを考慮し、原文のままとしました。

遠藤周作（えんどう　しゅうさく）
一九二三年、東京生まれ。幼年期を旧満州大連で過ごす。神戸に帰国後、十二歳でカトリックの洗礼を受ける。慶應義塾大学仏文科卒業。五〇年から五三年までフランスに留学。一貫して日本の精神風土とキリスト教の問題を追究する一方、ユーモア小説や歴史小説、戯曲、「狐狸庵もの」と称される軽妙洒脱なエッセイなど、多岐にわたる旺盛な執筆活動を続けた。五五年「白い人」で芥川賞、五八年『海と毒薬』で新潮社文学賞、毎日出版文化賞、六六年『沈黙』で谷崎潤一郎賞、七九年『キリストの誕生』で読売文学賞、八〇年『侍』で野間文芸賞、九四年『深い河』で毎日芸術賞、九五年文化勲章受章。九六年、逝去。

砂の上の太陽　遠藤周作初期短篇集

二〇二三年一一月二〇日　初版印刷
二〇二三年一一月三〇日　初版発行

著　者　遠藤周作
装　幀　鈴木成一デザイン室
発行者　小野寺優
発行所　株式会社河出書房新社
〒一五一-〇〇五一
東京都渋谷区千駄ヶ谷二-三二-二
電話　〇三-三四〇四-一二〇一（営業）
　　　〇三-三四〇四-八六一一（編集）
https://www.kawade.co.jp/

印　刷　株式会社亨有堂印刷所
製　本　小泉製本株式会社

Printed in Japan　ISBN978-4-309-03153-8
落丁本・乱丁本はお取り替えいたします。